嘘と愛
映画ノベライズ
【推しの子】
-The Final Act-

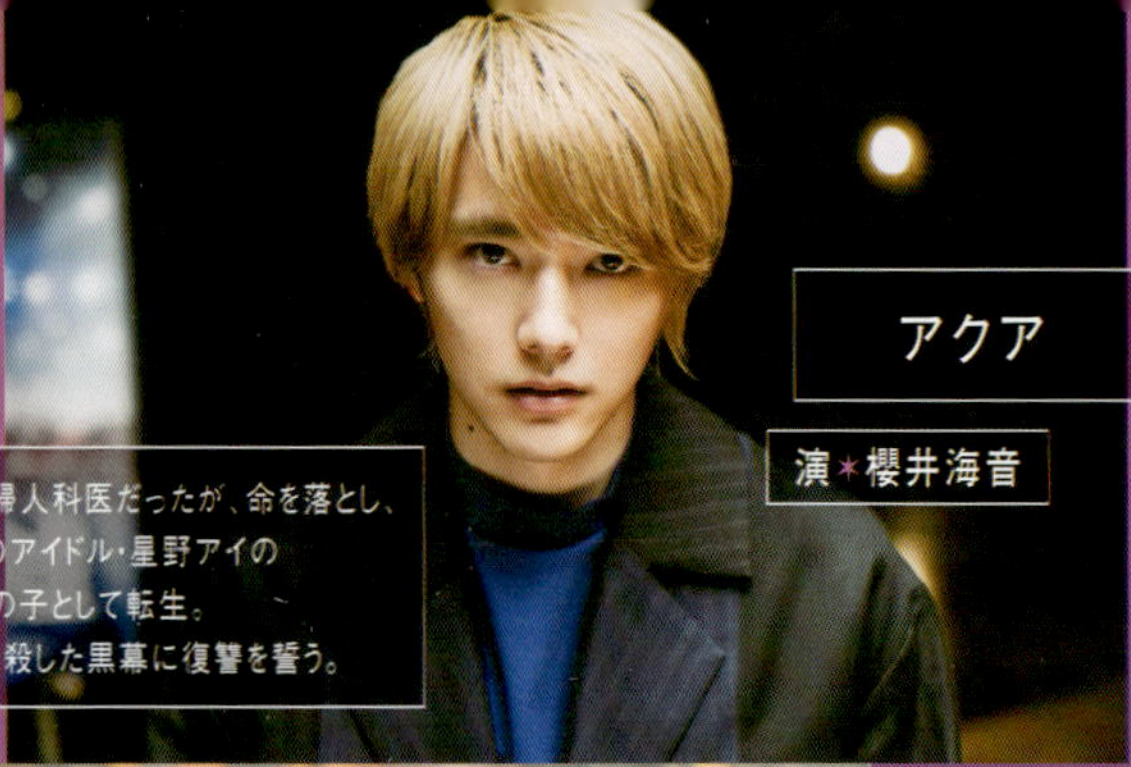

アクア

演✶櫻井海音

元産婦人科医だったが、命を落とし、
推しのアイドル・星野アイの
双子の子として転生。
アイを殺した黒幕に復讐を誓う。

星《ほし》野《の》アイ

演✶齋藤飛鳥

アイドルグループ・B小町のセンターを務める。
人気絶頂のなか双子を出産。
数年後、ストーカーに殺害されてしまう。

ルビー

演✶齊藤なぎさ

アクアの双子の妹。
亡き母である
アイのようなアイドルを
目指しB小町で活動。

有馬《ありま》かな

演✶原菜乃華

かつて「10秒で泣ける天才子役」として一世を風靡。その後人気が無くなるも、子役時代に出会ったアクアやルビーの誘いによりB小町に加入した。

黒川《くろかわ》あかね

演✶茅島みずき

劇団「ララライ」に所属している女優。恋愛リアリティショー番組でアクアと出会い、ビジネスカップルとなった。

MEM《メム》ちょ

演✶あの

多くのフォロワーを抱えるインフルエンサー。あかねと同じく恋愛リアリティショー番組でアクアに出会い、B小町に加入した。

アクアが辿り着いたアイの“真実”とは。
そして“復讐”の行方は——!?

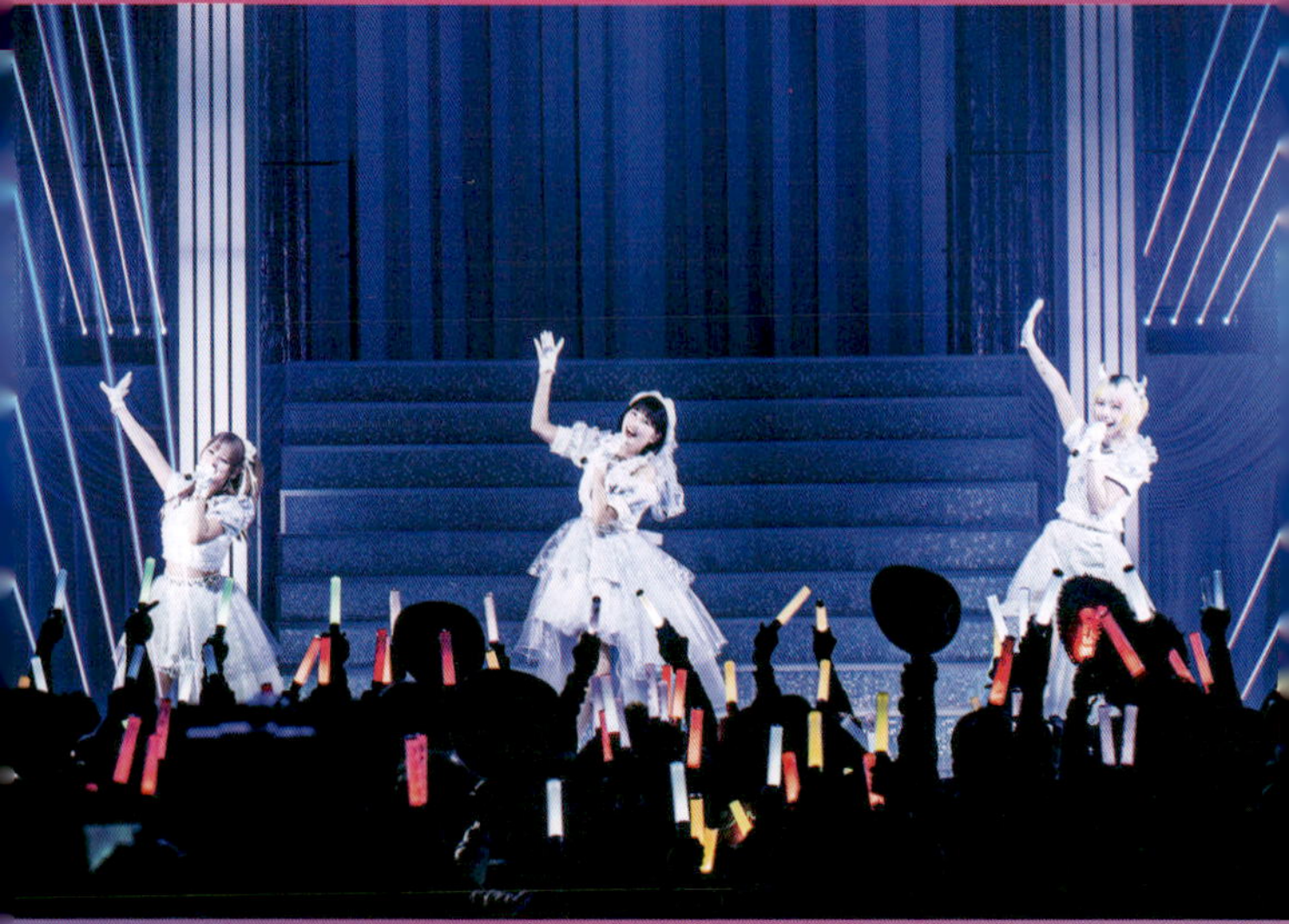

集英社オレンジ文庫

映画ノベライズ

【推しの子】-The Final Act-

田中　創
原作／赤坂アカ×横槍メンゴ
脚本／北川亜矢子

本書は、映画「【推しの子】-The Final Act-」の脚本（北川亜矢子）に基づき、書き下ろされています。

CONTENTS

✶

《プロローグ》

この物語は、フィクションである。

というか、この世の大抵のことは、フィクションである。

捏造して、誇張して、都合の悪い部分はきれいに隠す。

同じ嘘《うそ》なら、とびきり上手な嘘がいい。そう願うのが、アイドルファンというものである。

この芸能界《せかい》において、嘘は武器だ。


アイドルグループ〝B小町《こまち》〟の絶対的エース、唯一無二の不動のセンター、アイ。


彼女はひとり、ステージ上でスポットライトを浴びていた。

沸き立つファンに向けるのは、絶対無敵の煌《きら》めく視線。

放たれたBサインが、客席すべてを魅了する。

波打つピンクのサイリウムは、彼女を愛する推しの証《あかし》。

他のメンバーたちを置き去りにするような圧倒的存在感で、完全無敵のアイドル様は、今日も完膚《かんぷ》なきまでの嘘をついていた。

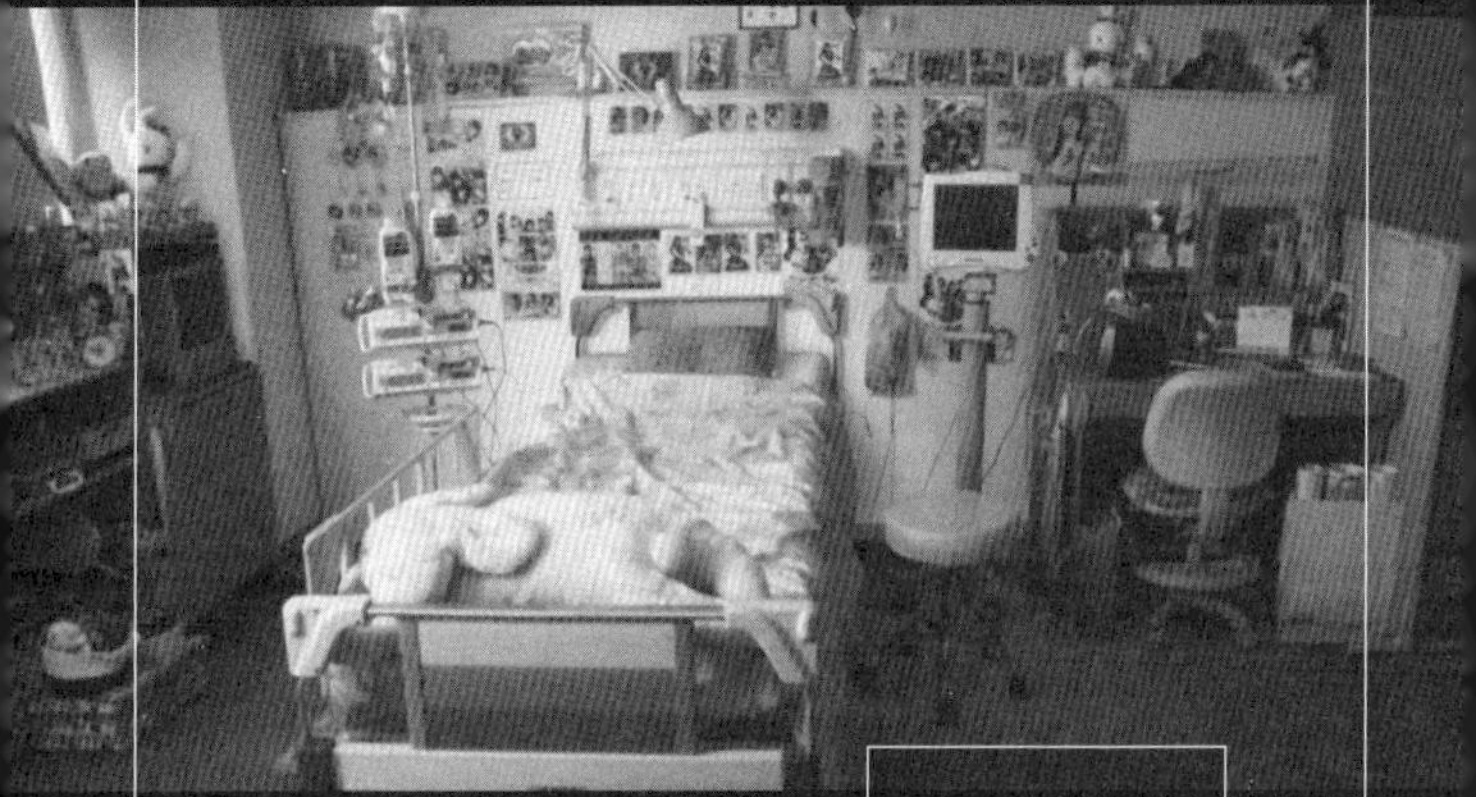

一章

1　ゴロー

高千穂《たかちほ》には、神様がいる。

宮崎県北部のこの小さな町では、昔からそんなことが言い伝えられてきた。ここが、日本神話ゆかりの地であることから、〝神話の町〟などと呼ばれることもある。

実際、この町を囲む豊かな自然を思えば、神秘的な雰囲気を感じることができるのだ。

毎年、初夏になると栃又《とちまた》の棚田《たなだ》は青々と染まり、祖母山《そぼさん》の木々も生命力豊かに生い茂る。国の名勝、天然記念物にも指定されている高千穂峡《たかちほきょう》のせせらぎも、まるで数千年も前から時が止まったかのように穏やかなものだった。

特に天岩戸《あまのいわと》伝説が語られる天安河原《あまのやすかわら》は、ある種の神性を帯びた場所だった。仰慕ケ窟《ぎょうぼがいわや》の無数の積み石は、訪れた参拝者たちによって積まれたものだ。

参拝者たちはきっと、様々なことを願ったのだろう。家内安全に健康祈願、学業成就に商売繁盛《はんじょう》。太古の昔よりこの地に住まうという神様は、そういう人々の強い願いを叶えてくれると信じられている。

雨宮吾郎《あまみやゴロー》も、この高千穂で育ってきた青年である。しかしゴローは、昔から神様など信じてはいなかった。

神様はしょせん、人が作り上げた偶像。

偶像など、嘘《うそ》の存在でしかない。

産科医を目指すゴローは、仮にも科学の徒なのである。神様に願いをかける暇があるなら、教本の一冊でも読んだ方がまだ自分の実になる。それがゴローのスタンスだった。

とはいえそんなゴローとて、そこまで熱心な研修医というわけでもなかった。神頼みも意味がないが、退屈な臨床研修はもっと意味がないと思っている。

研修なんて、できることならサボりたい。院長の説明は毎度長ったらしいし、時間の無駄だとしか思えない。

この高千穂にある、宮崎県総合病院に来て数か月、ゴローはとにかくこの研修生活が、億劫《おっくう》で仕方がなかったのである。

その朝もまた同じだった。

ゴローは医局でペンを片手に、看護師たちの申し送りをぼんやりと流し聞いていた。

「――それと二〇六号室のリンちゃんが眠れなくて、痛み止め一回追加しています」

「わかりました。本日はタダシくんのオペがありますので、点滴確保をお願いします」

若い看護師が、看護師長に向けて「はい」と頷《うなず》いている。

真面目なものだなあ、と思う。ゴローとは大違いだ。

夜勤と日勤の看護師たちがテキパキと申し送りをする一方で、ゴローは本日の研修のサボり方について頭を悩ませていた。

屋上で昼寝でもするか。それとも患者用の談話室で読書でもするか。どちらも、院長にバレたら面倒なことになりそうだ。

「――では、今日も一日よろしくお願いします」

看護師長の挨拶《あいさつ》が響き、看護師たちが異口同音に「よろしくお願いします」と続いた。

ゴローも流れでなんとなく同じ言葉を口にして、軽く頭を下げる。ぱっと見だけ真面目なフリをするのは、昔から割と得意だった。

※

医局を出て、廊下へ。ゴローは入院患者たちと「こんにちは」と挨拶を交わしながら、先輩医師の後に続いた。

先輩医師が、廊下でたたずむ若い女性に「あ」と目を留めた。

「ヨシオ君、大丈夫？」

女性は、この病院に入院している男の子の母親だ。ヨシオ君は先日事故で担《かつ》ぎ込まれ、この先輩がオペを執刀した。

どうやら術後の経過は良好のようで、母親は「おかげ様で、ありがとうございます」と丁寧に頭を下げた。ゴローも、「よかった」と頬《ほお》を緩める。

小児患者の回復の報《しら》せを聞くのは、やはり嬉《うれ》しい。不真面目なゴローでも、医者をやっててよかったな、と思う瞬間だった。もちろん正確には、まだ医者ではないのだけれども。

そこでゴローはふと、いいサボり場所に思い至った。

子供といえば、あの子がいた。

そうだ、あの子のところに行こう。

患者とのコミュニケーションも、立派な臨床研修のひとつだ。これなら万が一院長に見つかっても、言い逃れはできる。

肩肘《かたひじ》張らずに適度に力を抜くのが、雨宮ゴロー流の人生のコツだった。

※

エレベーターを下り、病棟の二〇一号室へと向かう。

ゴローが開いたドアから中を覗《のぞ》きこむと、室内はいつものように可愛《かわい》らしい空気に包まれていた。ピンクのクッションに、ウサギのぬいぐるみ。机に置かれた様々な雑貨は、まさに十二歳の女の子という印象だ。

殺風景な雰囲気の医局と比べると、だいぶ癒《いや》しを感じられる病室だった。

「丸《まる》さん、終わったよ」

病室の主である少女はベッドに横たわり、看護師に検温用の体温計を手渡していた。

看護師は「はーい、ありがと」と体温計に目を落とし、「大丈夫だね」と微笑《ほほえ》む。

患者の調子がいいのは良いことだ。これなら、ゴローが多少この病室で油を売っていても平気だろう。

「おはよう、さりなちゃん」

ゴローが声をかけると、この病室の主――天童寺《てんどうじ》さりなは、にこりと笑った。

「ゴローせんせ、おはよ！」

長い髪に大きな目。華奢《きゃしゃ》で、小柄な体格の少女だ。十二歳という年齢よりもずっと幼く見えるのは、彼女がほとんど病院以外の世界を知らないからだろう。

さりなは幼い頃に難病を患《わずら》い、それから入退院を繰り返していると聞いている。まだ小さいのに、可哀想《かわいそう》な話だ。

看護師はゴローとすれ違いがてら「バイタル安定してます」と報告をする。

部屋を出ていく彼女に会釈を返し、ゴローはさりなに向き直った。

「調子はどうだ？」

「うん！　相変わらず絶不調！」

さりなは冗談っぽく、親指を立ててみせた。

とても病人とは思えぬほどに明るい声色《こわいろ》である。なにかいいことでもあったのだろうか。

ゴローは思わず、笑みをこぼしていた。

「うん、元気そうでなによりだ」

さりなは「えへへ」と嬉しそうな笑いを浮かべた。

これまでの人生、ゴローもそれなりに多くの女性と関わってきている。看護学科の女子学生。コンパで知り合ったＯＬ。バーで出会った年上の女性と、そのまま一夜限りの付き合いをしたこともある。なにしろ国立大の医学部生ともなると、とにかく女性と遊ぶには事欠かないのだ。

しかしそんなゴローでも、さりなのように純真無垢《むく》であどけないい笑顔には、あまりお目にかかったことはなかった。それが不思議と新鮮で、ついつい彼女の病室に足を運んでしまうのだった。

「あ、せんせが来るの待ってたんだ」

さりなは腕を伸ばし、ベッド脇に置かれた大きな紙袋を手に取った。それを、「どーん！」と大げさに、ゴローの方に突き出してみせた。

見れば、袋の中には筒状に巻かれた紙が入っているようだ。

紙袋を手渡され、ゴローは「なんだこれ」と首を傾《かし》げた。

さりなはワクワクが止まらないように瞳を輝かせている。

「これポスターなんだけどね、そこの壁に貼ってほしいの！」

ゴローはふうんと頷きつつ、紙の筒を広げてみる。

B2サイズのポスターには、思わず見とれてしまうような笑みを浮かべたアイドルが写っていた。

洒落《しゃれ》た赤いステージ衣装に身を包んだ、可愛らしい女の子だ。ひと口に「可愛らしい」といっても、並みの可愛さではなかった。雑誌のグラビアに載っているような女の子だって、ここまでルックスのいい子はそうそういない。

長い黒髪をなびかせポーズを決めている彼女の姿は、やたらと自信に満ちているように思えた。特に宝石のように煌《きらめ》く瞳は、どこか目を惹《ひ》かれる力がある。

そういえば、前にもどこかで彼女の顔を見たような気がする。どこだっただろう。ちょっと思い出せない。そもそもゴローは、芸能人やらアイドルやらには、とんと疎《うと》いのだ。

「……誰？」

ゴローが首を傾げると、さりなは「ええ⁉」と呆《あき》れたような声を上げた。

「B小町《こまち》のアイだよ！　この前話した、私の最推し！」

その名前を聞いて、ゴローにもピンと来るものがあった。そういえばこの間、さりなの熱弁を聞かされた覚えがある。

このポスターの女の子は、その〝アイ〟だ。たしかアイは、B小町とかいう地下アイドルグループで、センターを務めていると聞いている。

さりなにとっては、絶対的な憧《あこが》れの対象らしい。

ゴローが受け取った紙袋を覗きこむと、他にもグッズがいろいろと入っていた。CDやDVD、それから自作のうちわやらTシャツやら。それらすべてにアイの笑顔が描かれている。〝最推し〟という言葉には偽《いつわ》りはないということか。

「東京の家にあるヤツ、全部送ってもらったんだ」さりなは、平然と続けた。「もう一生、あの部屋には戻れないだろうから」

自分の部屋には戻れない。それはつまり、さりなが残りの一生をすべて病院で過ごす覚悟をしているということを意味する。

彼女が患っているのは、退形成性星細胞腫《たいけいせいせいせいさいぼうしゅ》――。脳や脊髄《せきずい》に発生する悪性腫瘍《しゅよう》である。たしかに、簡単に治る病気ではない。

ゴローは、いたたまれないものを感じていた。たった十二歳の女の子が、そんな達観の境地に至らなければならないなんて。このくらいの歳《とし》の子ならもっと、人生に夢や希望を持ったっていいじゃないか。

「そんなことを言うもんじゃない。早く治して、とっとと退院してくれ」

ゴローは重いため息をつきつつ、アイのポスターを壁に貼った。ベッドのさりなが見やすいところに。せめてこのポスターが、少しでもこの子の心の慰めになるように。

「せんせ！　せんせ見て！」

ゴローが振り返ると、さりなが笑顔で片手の人差し指を立てて、ポーズを決めていた。反対の手には、アイの写真が貼られた応援うちわを握っている。うちわに貼られた写真のアイは、さりなと同じく人差し指を立てて、にっこり笑みを浮かべている。

どうやら、さりなはアイドルの真似をしているようだ。その無邪気っぷりに、思わずゴローは「ったく」と口元を綻《ほころ》ばせてしまう。

さりなはゴローの背中越しに、壁に貼られたポスターを見つめていた。

ポスターのアイの笑顔をまじまじと見つめつつ、「はーん、可愛いぃぃ」と、感嘆のため息を漏《も》らした。

「アイってね？　超絶可愛い上に、歌もダンスも、超ぉぉぉぉ上手《うま》いの！　私、来世では絶対アイみたいに生まれ変わるんだ！」

「何が『生まれ変わり』だ。バカなことを」

「夢がないな～、せんせは！」

さりなが不満げに眉をひそめる。

だって来世なんて、考えるには早すぎるではないか。ゴローはつい、そんなことを思ってしまう。

「生まれ変わる必要なんてない。キミは今でも十分可愛い」

ゴローが告げると、さりなは「ほんとに⁉」と目を丸くした。

そういう反応は、お世辞抜きに可愛いのだ。それこそ、ポスターのアイと同じくらいに。

「退院したらアイドルにでもなればいい。そしたら俺が一生推してやる」

「やった！　ゴローせんせー、だぁーい好き！」

さりなが手を伸ばし、背中にぎゅっと抱きついてくる。軽くて柔らかい温《ぬく》もり。ゴローは「勘弁してくれ」と苦笑した。

こんなところを他人に見られたら、なんと言われるだろう。社会的に死んでしまうのは、まず間違いない。

※

なんとかさりなを引き剝がした後、ゴローは更衣室でひと息ついていた。

ちょっとだけサボるつもりで来た病室だったが、気づけば夕方近くになっていた。あの病室には、ついつい居着いてしまう魔力があるらしい。

手には、さりなに押しつけられた紙袋があった。中にはＤＶＤが入っている。『Ｂ小町ワンマンライブ‼　苺《いちご》狩り大作戦！』というタイトルだ。

ＤＶＤのパッケージには、アイをはじめとしたティーンのアイドルたちが写っていた。どうやら件《くだん》のアイというアイドルが所属するユニットのライブＤＶＤらしい。存在感のあるキラキラした目が、ゴローの疲れた顔を見上げていた。

「アイドルなんて興味ないんだけどな……」

ゴローは紙袋をロッカーにしまい、更衣室を出る。このＤＶＤは、まあ適当にそのうち観ればいい。気が向いたときに、時間があったら。

しかし、人とは不思議なものである。往々にして、それまで興味のなかった物事に、なぜかずっぷりとハマってしまうものなのだ。まるで底なし沼にハマりこむかのように、ずぶずぶ、ずぶずぶと、気づけば抜け出せなくなっているのである。

ゴローもまた同じだった。さりなとの交流を重ねるにつれ、ゴローはB小町に、そしてアイに、熱烈にハマっていった。

数か月が経《た》ち、祖母山の木々が赤く色づく頃には、ゴローはすっかりB小町マニアといっても過言ではないレベルまで熟成されていたのである。

さりなとふたりでアイのライブシーンを品評したり、病室でB小町の新曲を歌ったり。そんなことをしでかしてしまうくらいには、強火のB小町オタクと化していたのだった。

とはいえゴロー自身は、頑《かたく》なに「アイドルには興味ない」と言い続けていた。さりなの手前、「大人」で「医者のタマゴ」たる自分が、簡単に手のひらを返すような人間だと思われたくはなかったのだ。

自分がB小町を追っかけているのは、あくまでさりなに話を合わせるためにすぎない。そうだ、そういうことにしておこう。

※

それは窓の外で木枯《こが》らしが吹きすさぶ、ある冬の日のことだった。

その頃ゴローは、二〇一号室でのサボりがすでに日常になっていた。

ゴローが病室に入ると、車椅子《いす》に座ったさりなが困った顔できょろきょろと周囲を見回していた。担当の看護師の丸さんも、腰をかがめてベッド下を覗きこんでいる。

「下にはないよ～？」

なるほど、とゴローは思う。彼女たちは探し物をしているのだ。そしてその探し物には、ゴローも大いに心当たりがあった。

「探し物はコレか？」

ゴローは白衣のポケットから、つい先ほど、廊下で拾ったものを取り出した。アクリル製のキーホルダーだ。写真のアイの笑顔と共に、〝アイ無限恒久永遠推し!!!〟の文字が描かれている。

さりなは目を丸くして、飛びつかんばかりにキーホルダーへと手を伸ばした。

「どこにあったの⁉」

「そこの廊下に落ちてた」

ゴローが「はい」とキーホルダーを手渡すと、さりなはぎゅっと握りしめた。「よかった……！」と安堵《あんど》のため息をついている。アイのグッズの中でも、特に大事なものだったようだ。

この頃のさりなは、いつもニット帽をかぶっていた。抗がん剤治療の副作用で、髪の毛が抜けてしまったからだ。加えて車椅子が手放せなくなってしまったというのも、小さくない変化だった。

それでも、彼女の可愛らしさは、それまでとなんら変わることはなかった。主人を見る子犬のような潤《うる》んだ目で、じっとゴローを見上げている。

さりなは車椅子ごとゴローの方へと向き直り、がばっと大きく手を広げた。

「ありがとう、せんせ！」

さりなにぎゅっと抱きしめられ、ゴローは気恥ずかしさを覚えた。この子ときたら、本当に抱きつき魔だ。ゴローが「やめてくれ」と言っても、やめる気配はない。

ゴローに抱きついたまま、さりなが続けた。

「これ、私が生まれて初めて買ったアイのグッズなの！　そのとき、こ、この子と約束したんだ」

さりなが、手の中のキーホルダーに目を落とす。

「『アイがいつか、東京ドームのステージに立つ時には、必ず一緒に行こうね』って！」

東京ドーム。ゴローはふっと頬を緩めた。

この頃、B小町の人気は地下アイドルに留まらないほどの盛り上がりを見せていた。特に、不動のセンター、アイのファン数はうなぎ登りだ。ルックス、歌唱力、トークの絶妙さのどれをとっても、メジャーで十分に通用する。ゴローにはそんな確信があった。

きっと今のB小町なら、いつか必ずドームに立てるはずだ。

さりなは「ふふふ」と笑いながら、キーホルダーのアイを見つめていた。

「超可愛い……！」

B小町がドームに立つ日が来たら、自分がさりなを東京まで連れて行ってあげよう。彼女はこんなに元気なのだ。二、三泊するぐらいの小旅行なら、きっと病院の許しも出るに違いない。

ゴローはこの当時、そんな呑気《のんき》なことを考えていたのだった。

この後、辛い現実が待ち受けていることなどつゆ知らずに。

※

さりなの容態が急変したのは、年が明けてほどなくのことだった。

宮崎にも寒波が流れこみ、病院を取り巻く林の木々もすっかり葉を散らしている。それと時を同じくして、さりなの命もまた、急速に終わりへと向かっていた。

熱がまるで下がらず、身体《からだ》が痙攣《けいれん》している。さりなの意識は混濁《こんだく》したまま、すでに十時間が経過していた。

主治医である脳外科医、藤堂《とうどう》によれば、「今夜が峠《とうげ》」だという。

青天の霹靂《へきれき》のように告げられたその言葉に、ゴローは激しいやるせなさを感じていた。医局のデスクで頭を抱え、ぎりぎりと奥歯をかみしめる。

さりなはついこの間まで、楽しく推しへの愛を語っていたはずなのに。それが、どうして急にこんなことになってしまったのか。いったいあの子が何をしたというのか。

あんな小さな子が夢を叶えられないまま人生を終えなければならないなんて、なにかが間違っている。

ゴローの中には、そんな行き場のない憤《いきどお》りが渦巻いていた。

「もうずっとあんな状態なのに、親はなんで顔も出さないんですか！」

ゴローの叫びに、近くにいた看護師の丸さんが「ご両親ともお忙しいみたいで……」と困ったように眉をひそめている。

「忙しいって……」

もちろん、彼女が悪いわけではないのはわかっている。だがゴローは、声を荒らげずにはいられなかった。

「もう半年も見舞いに来てないじゃないですか⁉」

藤堂は自分のデスクを見下ろしたまま、大きなため息をついた。

「そういう親もいる。掃いて捨てるほどにな」

脳外科医として長いキャリアを積んできた藤堂は、こういう状況に慣れていたのかもしれない。子を顧《かえり》みない親にも。ゴローのような若い研修医が、そんな親に対して批難の声を上げることにも。

藤堂は、諭すような口調でゴローに告げた。

「彼女はお前によく懐いている。最期《さいご》は、お前が傍《そば》にいてやれ」

最期。主治医の告げるその残酷《ざんこく》な響きに、ゴローはなにひとつ言葉を返すことができなかった。

※

ゴローは病室の椅子に座り、ただじっと枕元でさりなを見守っていた。

鼻に酸素吸入器を付けられた彼女は、まるで物言わぬ人形のように青白い顔でベッドに横たわっていた。ついこの間までアイについて語っていた彼女の快活さは、見る影もない。

病室の壁に所狭しと貼られたポスターのアイの明るい笑顔が、今では不自然なほどに場違いなもののように思えてしまう。

心電図の電子音が、さりなの耳元で流れるB小町の楽曲と、奇妙な不協和音を奏でている。あまりにも低いその心拍数は、彼女が死出の旅へと近づいていることを無情に示していた。

どうしようもない無力感が、ゴローの胸を締めつける。あのベテランの藤堂ですらどうにもできない状況なのだ。まして一介の研修医にすぎない自分には、今のさりなを救うことなどとてもできない。

唯一できるのは、こうしてただ傍にいてやることだけ。その事実があまりにも悔しくて、頭がどうにかなってしまいそうだった。

さりながふと、薄目を開けた。薬が効いているのか、胡乱《うろん》な視線を中空に彷徨《さまよ》わせている。

ゴローが「調子はどうだ」と尋《たず》ねると、さりなはほっとしたように目を細めた。

「あいかわらず……ぜっふちょー」

「もう少しで誕生日だろ？　なにか欲しいものはあるか？」

ゴローの問いに、さりなは一瞬考えるように目をつぶった。答えを探すように、吸入器の下で、ぱくぱくと口元を動かしている。

ややあって、さりなは小さな声で告げた。

「B小町の、東京ドーム公演……その日までの……いのち……」

弱々しく微笑んでいるのは、さりな自身、それが叶わない願いだとわかっているからだろう。

ゴローだって、できることならその願いを叶えてやりたいと思う。そのためなら、なにを犠牲にしたってかまわない。

けれどそれは不可能なことなのだ。それこそ、高千穂の神様でもない限りは。

ゴローがじっと押し黙っていると、さりなが、ゆっくりと手を伸ばしてきた。

「せんせ……。これ……あげるよ……」

その震える手のひらの上には、いつかのキーホルダーが握られている。〝アイ無限恒久永遠推し!!!〟のメッセージが書かれた、アクリル製のキーホルダーだった。

「私だと思って……大事にしてね……」

さりなが、他のなによりも大事にしていたアイのグッズ。さりなの想いが――彼女の人生そのものがこめられた、大切なキーホルダー。

そんなキーホルダーを手渡されることの意味を、ゴローは痛いほどによくわかっていた。熱いものが、目頭《めがしら》に溢《あふ》れそうになる。ゴローはそれをこらえながら、「わかった」とキーホルダーを受け取った。強く握りしめ、さりなに告げる。

「大事にするよ」

さりなは「えへへ」と笑った。どこまでも純粋で素直で、無邪気な微笑み。もっともっと、傍でこの笑顔を見ていられると思ったのに。

さりなの指先が、ゴローの頬に触れた。

指先から感じる体温は、ほんのりと熱い。それはまるで命の灯《ともしび》が、最後の最後で一瞬だけ輝きを増すかのように。

「せんせ……だぁいすき……」

さりなの手が、ゴローの頬から離れた。そのまま糸の切れた人形の腕のように、すとん、とベッドサイドに落ちる。今のさりなにはもはや、指先を動かす力すら残されていないのだ。

ゴローは力なくかぶりを振った。

やはり、この世に神様はいなかった。もしも神様がいるのなら、さりながこんな悲しい最期を迎えるはずがないのだ。

声を押し殺し、静かに肩を震わせる。ゴローにできることは、ただ最期の瞬間まで、さりなの白い顔をじっと見守っていることだけだった。

※

十三歳の誕生日を迎えることなく、彼女はこの世を去った。

人間がどんなに悲しみに沈んでいようとも、時間はただ無感情に過ぎ去っていくものだ。

あれだけB小町のグッズで溢れていた二〇一号室も、今ではすっかり片づけられている。

清潔に整えられたベッドは、新たな入院患者を、入れ代わり立ち代わり次々と受け入れていた。

天童寺さりなが生きた痕跡《こんせき》は、もはやそこにはない。彼女の残した想いは、ゴローの胸の内にのみ存在していた。

「そして時は経ち、俺はこの病院で産科医として働いている……と」

そんなことを独りごちながら、今日もゴローは白衣に袖《そで》を通す。首から下げたネームカードに、さりなから受け取ったキーホルダーを挟みこんで。

廊下を歩きながら、すれ違う看護師や患者らと「こんにちは」と挨拶を交わす。

妊娠三か月の来院患者が、ゴローを見つけて「先生、お世話になります」と頭を下げてきた。

ゴローが「どうですか？　体調は」と尋ねると、「大丈夫です」と笑みが返ってくる。

「食欲は？」「あります」——そんなやりとりをして、ゴローはふっと頬を緩めた。

幸い、ゴローの産科医としての評判は悪いものではないようだった。患者にも看護師たちにも、それなりの信頼を得られていると思っている。

周囲に流されるまま選んだ産科医の道だが、間違ってはいなかったのだろう。

外来診察、入院患者のカンファレンス、急患対応に、夜勤担当医への引き継ぎ。

そうやって一日の業務を終え、ゴローは更衣室へと向かう。

白衣を脱ぎながら口ずさむのは、B小町の代表曲のフレーズだ。ステージで歌うアイの姿を思い浮かべると、一日の疲れも吹き飛ぶのである。

更衣室のロッカーには、B小町グッズの数々が祭壇のように並べられていた。アイのサイン入りステッカー。アイの名前入りタオルに、ライブ時に撮った生写真。手帳、手鏡などの小物類もある。

グッズの中には、さりなから受け継いだものもあれば、独自に入手したものもあった。中にはレアな限定品も多々あるが、ゴローはそれを入手するための時間や費用を惜しむことは一切なかった。

今はさりなに代わり、全力でアイを推している。

それがゴローの選んだ生き方だった。

今ではもう、推し活を他人に隠してはいなかった。同僚や患者たちに引かれてしまっても、そんなことは気にしない。そのぐらいゴローは、アイに夢中になっているのだ。

この頃は、さりながどうしてあそこまでアイに惹かれていたのかも、わかってきた気がする。

可憐《かれん》なルックス、高い歌唱力、ダンスの技術、メディア受けする天然な言動。そして吸い寄せられそうなほどの天性の瞳――。それらはまさに、ファンにとっての憧れだ。弱点なんてまったく見当たらない。最強で無敵のアイドルなのである。

そんなアイがステージの上から告げる「愛してる」は、真に観客たちの心を虜《とりこ》にする。あのキラキラ輝いた瞳を向けられると、「自分は本当に、あの子に心の底から愛されているのではないか」と、不思議とそんな錯覚に陥《おちい》ってしまうのだ。

それが彼女の本心なのか嘘なのか、ゴローにはわからない。けれど、そんなことはどちらでもいいのだ。

たとえ嘘だろうが、上手な嘘をつき続けてくれればそれでいい。

芸能界において、嘘は武器だ。

そしてゴローは、そんなとんでもない威力の武器を前にして、魂《たましい》の底からアイに屈服してしまった敗北者《ファン》なのである。

※

しかしそんなゴローですら、「いくらなんでもそれは嘘だろ」と思うような事態が発生する。さりなとの別れから、三年ほどが経った頃のことだった。

「え？　かつどうきゅうし……活動休止⁉」

診察室で、ゴローはそんな素《す》っ頓狂《とんきょう》な声を上げてしまった。

目の前のパソコンの画面には、ネットニュースの見出しが大きく表示されている。

――『【速報】B小町・アイ　体調不良により活動休止』。

それは、アイの熱狂的信者たるゴローの思考力を、一瞬にして奪ってしまうほどに強烈な文字列だった。

あのアイが、体調不良。活動休止。思わず机に突っ伏し、頭を抱えてしまう。

「活動休止って、一体どういうことだよ⁉」

「活動を休止するってことじゃないですか」

そう答えたのは、ナースの川村恵理子《かわむらえりこ》さんだ。四十代で子持ちの女性看護師。助産師の資格も持っている。朗《ほが》らかな笑顔が患者たちに人気の川村さんだったが、このときゴローに向けたのは白けきった真顔だった。いい歳してアイドルのニュースに一喜一憂するゴローに、すっかり呆れているのかもしれない。完全な塩対応だった。

ゴローも思わず、「そんなことわかってますよ！」と声を荒らげてしまう。

なにせ、推しのアイドルが活動を休止してしまうというのだ。たとえるならこれは、医者に「あなたの寿命《じゅみょう》は今日までです」と宣告されたような状態に近い。

ゴローが天を仰ぎ、「アイ……」と嘆きをこぼしていると、川村さんに「患者さんの前ではしっかりしてくださいね」と、煙たげな目を向けられてしまった。

仕方なくゴローは、「はい」と頷き、気持ちを切り替える。

アイの体調はものすごく心配だが、今は仕事をこなさねばならない。アイについての情報収集は、改めて業務終了後に行うことにしよう。

川村さんが待合室へ「次の方どうぞー」と声をかけた。

待合室から「あ、はい」と返事が響き、診察室のドアが、がちゃりと開く。

「失礼します」

入ってきたのは、サングラス姿の中年男と、若い女の子のふたり連れだった。中年男の方は無精ひげにノーネクタイのスーツ姿。あまり堅気の仕事に就いている人間には見えない。

若い女の子――こちらが患者だろう――は、ずいぶん華奢な印象だった。

さらさらの長い黒髪に、地味なTシャツとダークな色のパーカー。ジーンズ姿。キャップを目深《まぶか》に被っているため顔はよく見えないが、相当な美人の気配がする。

年齢的にはだいぶ年若い。カルテによれば彼女は未成年。産科を訪れるには、やや早すぎる年齢かもしれない。

ゴローが「どうぞ」と椅子を指すと、中年男が「ありがとうございます」と頭を下げた。

川村さんに荷物を預け、ふたり並んでゴローの前の椅子に座る。

ゴローはカルテに目を落としながら、ふたりに尋ねた。

「今日はどうされましたか」

「実は」中年男が、困ったような表情で語り始めた。「かれこれ三か月以上、生理が来ていないらしくて……」

ゴローはちらりと、キャップの女の子へと目を向けた。彼女のお腹《なか》の部分は、Tシャツの上からでもわかるくらいに大きくなっている。

ゴローは「なるほど」と頷いた。

生理が来ていない。お腹が膨らんでいる。妊娠――膨らみからすれば、二十週といったところだ。

状況的には十中八九答えは確定しているのだが、医者として即断すべきではない。一応、正規の手順で確認しておく必要がある。

ゴローは「ちょっと失礼」と、彼女のお腹に手を伸ばした。触診の結果、だいぶ子宮が張っているのがわかる。疑いはますます濃厚というところだ。

中年男の方に向き直り、尋ねた。

「保護者の方ですか?」

「はい。後見人というか、彼女の身元引受人でして」

中年男の答えは妙に歯切れが悪かったが、ゴローにとってはそう驚くことでもなかった。病院には、いろいろな事情を抱えた患者がやってくるものだ。必要以上に余計な詮索《せんさく》はせず、「そうですか」とだけ相づちを打った。

「とりあえず検査してみ――」

女の子当人と目が合ったところで、ゴローは絶句した。

均整の取れた小さな顔。形のいい眉。そしてなにより、宝石のようにキラキラと輝く瞳。

この顔、知っている。

知っているというか、推している。

キャップの下にあったのは、B小町のアイの顔だったのである。

推しが目の前にいる。そのうえ妊娠している。

いったいなにがどうなっているのか。どうして彼女はこんな地方の病院にやってきたのか。そもそも、お腹の子どもの父親は誰なのか。

ゴローの頭は、目の前の事態に対して完全にオーバーヒートしてしまっていた。もしかしたら、彼女は他人の空似ではないか。そうだ、それなら十分に考えられる。

呆然《ぼうぜん》とするゴローの顔を見て、目の前のキャップ姿の女の子はきょとんと小首を傾げた。

その仕草がまた、とてつもなく可愛い。

こんな可愛い仕草をする女子が、アイ以外であるはずがない。やはりこの子はアイ本人だ。長年推してきた自分が、見間違えるはずもない。

いったん冷静になろう――ゴローはアイから目を逸《そ》らし、指先で眼鏡をくいっと押し上げた。ここは形だけでも、クールなフリをしておかないと。

ゴローは席から立ち上がり、戸口へと向かった。

「準備がありますので、少々お待ちください」

川村さんが「先生?」と訝《いぶか》しげな顔を向けてきたが、ゴローは応《こた》えない。他人に構っている場合ではないのだ。

診察室を出て、静かな廊下へ。室内では、残された川村さんが「準備がありますので」と患者さんたちに説明をしているのが聞こえる。

ゴローは、全身から血の気が引くのを感じていた。フラリとよろけ、床にバタリと倒れ伏す。

「あ、あああああ、あああああああっ……⁉」

ゴローは天を仰ぎ、人目も憚《はばか》らずもんどりうった。「う、嘘だろおおおおっ⁉」と叫びつつ、髪をぐしゃぐしゃに掻《か》き回す。

ショックすぎて、ゲボ吐きそう。

※

仕事の習慣というのは不思議なものだ。どれだけ心が千々《ちぢ》に乱されようと、長年かかって身体に染みついた業務行為は、ロボットのように自動的に実行されてしまう。

気づけばゴローは、今回の患者——星野《ほしの》アイに対して、滞《とどこお》りなく妊娠の初回検査を行っていた。カルテによれば、それがアイの本名らしい。

ゴローは診察台に寝そべるアイのお腹に検査装置《プローブ》を当て、超音波検査を行っている。なんでこうなった——と、頭の中で何度も繰り返しながら。

ベッドの傍《かたわ》らのエコー装置には、アイの胎内《たいない》の映像が映し出されていた。胎児の影はふたり分。今日はもう驚きすぎるほど驚いていたので、いまさら驚嘆するということもない。

ゴローは、乾いた声で告げた。

「双子ですね」

「双子……？」

アイの大きな目が、さらに大きく見開かれている。ぽかん、と口を半開きにしている様子ですら可愛いのはズルいと思う。

対して、彼女の隣のサングラス姿の中年男性——芸能事務所の社長で、斉藤壱護《さいとういちご》という名前らしい——は、顔色が真っ青になっていた。

「あの、先生。妊娠と見せかけておいてからの実は便秘とか、そういうことはない——

「……」

「双子の赤ん坊です」

ゴローが無感情に告げると、斉藤は「どうすんだよぉぉぉ」と壁に手をついて嘆いた。

その気持ちは、わからないでもない。人気急上昇中の未成年アイドルが妊娠なんて、事務所にとってはとてつもないスキャンダルだ。もしも世の中に知られたら、アイのアイドル生命は即座に終了。それどころか事務所ごと終わりかもしれない。管理責任を問われる問題だ。

もっとも当のアイは、まるであっけらかんとした様子だった。新曲のインタビューにでも応えるかのように、にこにこと笑みを浮かべている。

「生まれたら賑やかになるね！」

「産む気か？」

額に冷や汗を浮かべる斉藤をよそに、アイは「んー」とゴローに向き直った。

「先生はどう思う？」

ゴローは「む」と眉をひそめた。どう思うと言われても、すぐには答えられない。

ひとしきり悩んだ末、

「最終的な決定権は、キミ自身にある。『よく考えて決めるべき』というのが、医者としての意見だ」

結局そんな、産科医のマニュアル的な答えに落ち着いた。なにしろ、事は人の命に関わる問題なのだ。当人の意思を尊重するのは当然のことである。

アイは「だって」と斉藤に笑顔を向けた。その斉藤は、完全に表情を引き攣《つ》らせてしまっている。

「『だって』、じゃねえだろぉっ！」

ああ——とゴローは気づく。アイの天然っぷりは、まさに天然のものだった。きっとこの社長も、これまで彼女に散々振り回されてきたのだろう。

それを羨《うらや》ましがるべきか同情するべきなのか、今のゴローには判断がつかなかった。

※

アイの詳しい検査を行っているうちに、すっかり日は沈んでいた。本当に大変な一日だったと思う。ここまで疲れたのは、産科医になって初めてのことかもしれない。

もちろん、検査自体が大変だったというわけではない。精神的疲労が半端なかったのだ。

ゴローにとってアイは、キラキラと輝く夜空の星のようなもの。星といえば、たいていは恒星、燃え盛る太陽と同様だ。アイドルという太陽に、いちファンがラインを越えて近づいてしまえば、黒焦《こ》げになってしまうのも道理だろう。

全身全霊の気遣いをこめ、すべての検査をやり終えたゴローの精神は、今や完全に燃え尽きてしまったといってもいい。

ゴローは心労を癒すために、病院の屋上へと足を運んでいた。火照《ほて》った頭に、夜風が妙に心地よく感じる。

——なあ、アイ。

空に輝く星々を見上げながら、ゴローはぼんやりと考えていた。

——キミに好きな男がいようが、子供を産もうが、俺は今と変わらず、全力でキミを推し続ける。

——でもキミが子供を産めば、再び輝かしいステージに立つことは、なくなってしまうのだろう。

できることなら、スターダムをのし上がっていくアイの姿を見たい。いつまでも、どこまでも、アイを推し続けていたい。それがファンとしての本音だった。

アイの意思を無視してそんな風に考えてしまうことは、ただのエゴなのだろうか。

ゴローは懐から、手帳を取り出した。最後のページには、さりなとふたりで撮った写真がある。写真のさりなの笑顔は、三年前のあの日から変わっていない。時間が止まったままのような、無邪気な笑顔だった。

　さりながもし生きていたら、今の自分になんと言うだろうか。

　ゴローは、「はあ」と大きなため息をついた。

「ファンなんて、身勝手なモンだよな……」

　そんなときふと、背後に人の気配を感じる。

「センセ！」

　振り返れば、当のアイの姿があった。ライブのときとまったく遜色《そんしょく》ないキュートな笑顔で、ゆっくりとゴローの方に近づいてくる。

「星野さん……」

　夜風は身体に障《さわ》りますよ、と告げようとしたのだが、ゴローは思わずその言葉を飲みこんでしまった。夜空を見上げるアイの顔に、つい見とれてしまったからだ。

「空ひろーい！　星がいっぱい見えるー！　やっぱ東京じゃこうはいかないもんね～！」

　すーはー、すーはー、とアイは気持ちよさそうに、大きく呼吸を繰りかえしていた。とてもリラックスしているように見える。

　そういえば彼女はこの数か月間、とても忙しい日々を送っていたのだった。アリーナライブにＭＶ《ミュージックビデオ》の撮影。雑誌やＣＭの撮影も日常茶飯事だったはずだ。日ごろから彼女の一挙手一投足を追ってきたゴローには、アイの激務ぶりがよくわかっている。

もしかしたらこういう仕事から離れた時間も、彼女には必要だったのかもしれない。

「うん！　空気も美味《お》しいし、良いところだね！」アイが、ゴローに目を向けた。「社長の薦《すす》めで選んだけど、大正解だったな」

社長の薦め。その言葉で、ゴローはようやく腑《ふ》に落ちる。

「……わざわざこんな田舎まで来たのは、東京だと人目につくから？」

アイは「あれ？」と不思議そうに首を傾げた。「私、先生に仕事の話したっけ？」

ずっと前から知っている――とは言わない。アイとの関係は、あくまで医者と患者であるべきだと思ったからだ。彼女のためにも、自分のためにも。

だからゴローは、こういう言い方で説明をすることにした。

「研修医時代の患者に、キミのファンがいた」

アイは「あちゃー」と顔をしかめた。

「まあいずれバレるとは思ってたけど！　やっぱ溢れ出るオーラは隠せないね！」

どこか得意げに笑うアイは、冗談でもなんでもなく、本当にオーラをまとっているようにも思える。この自信家、すごく可愛い。

だからこそゴローは、彼女の選択の行く末が気になって仕方がなかった。これだけの逸《いっ》材《ざい》が消えてしまうのは、あまりにも惜しすぎる。

「キミは」ゴローは意を決し、尋ねてみることにする。「アイドルをやめるのか……？」

アイは、きょとんとした顔で「なんで？」と聞き返した。彼女の中では、すでに答えは決まっていたようだ。

「やめないよ？　子供は産むし、アイドルも続ける。以上！」

それはいったい、どういう意味だろうか。ゴローは息をのんだ。

「それは、つまり……」

「そう！　公表しない」

アイが、ゴローにニヤリと笑みを向けた。それはまるで、大人たちにイタズラを仕掛ける子供のように、ワクワクを感じている笑顔だった。

「子供のひとりやふたりぐらい、隠し通してこそ一流のアイドルだよ」

アイのとんでもない発言に、ゴローは絶句した。アイドルに隠し子なんて発覚したら、普通は大炎上モノだ。それを「隠してこそ一流」なんて、アイドルの口から出る言葉とは思えない。常軌を逸している。

しかし、そういうことを言ってこそアイだという気もするから、不思議だった。

「偶像《アイドル》はね、嘘という魔法で輝くの」アイが、夜空に手を伸ばした。「『捏造《ねつぞう》』して『誇張』して、都合の悪い部分は『綺麗《きれい》に隠す』」

アイが、空に向けて両手を大きく広げた。その所作に思わず視線が吸い寄せられる。なんだか生ライブを見ているような気分だ。ここはさしずめ、星空下の野外ステージというところだろうか。

「どんなに辛《つら》いことがあっても、幸せそうに、楽しそうに、ステージの上でキラキラ舞い踊るの！　嘘に嘘を重ねて！」

アイはたったひとりの観客——ゴローに、煌《きら》めくような笑顔を向けた。

「嘘は、とびっきりの愛なんだよ？」

ゴローはじっと、微笑むアイを見守っていた。視線を奪われていたといってもいいかもしれない。

嘘は愛。突拍子もない表現だったが、なんだかいい言葉にも思えてきてしまう。これも、アイのスター性のなせる業《わざ》だろうか。

きっとアイはこれまでの人生、たくさんの矛盾《むじゅん》や葛藤《かっとう》を抱えこんできたのだろう。それでも彼女は弱音も憤りも全部飲みこんで、ただ全力でアイドルを演じてきたのだ。ファンを愛するために、笑顔の仮面をかぶり続けて。

そうか——とゴローは今更ながら納得する。自分は彼女のそういう部分に、どうしようもなく惹かれていたのだ。

「アイドルとしての幸せも、母としての幸せも、私は両方手に入れる」

アイはまっすぐに、ゴローを見つめた。

「星野アイは、欲張りなんだ」

宝石のような瞳に見つめられ、ゴローはふうっと息をついた。

空を見上げれば、頭上の星がキラリと輝いた気がした。それはまるで星々が、アイの決意を祝福しているようにも思える。

——アイというアイドルは……俺が思うより、ずっと図太く、ずるくて、強く……。

——一番星のように眩《まぶ》しかった。

彼女がつこうとしている欲張りな嘘は、ゴローにとっても望むところだった。医者としてのゴローも、ファンとしてのゴローも、両者の思惑を同時に納得させることができる。

それなら、迷いはまったくない。

ゴローは深く息を吸い込み、それから、まっすぐにアイを見据えた。

「だったら、俺が産ませる。安全に、元気な子供たちを」

それが推しの望みなら、従うまでだ。

2　アイ

斉藤社長の借りたレンタカーで、病院からホテルへと向かう。後部座席に座る星野アイは、ぼんやりと窓の外を流れる景色を見つめていた。

このあたりはどこまでも行っても畑や林ばかりで、建物の光がほとんど見えない。明かりといえばこの車のヘッドライトくらいだ。あるがままの自然の匂いが、そこかしこから感じられる気がする。

本当に東京とは大違い。ちょっと森に入れば、野生の動物とかにも会えるかも——などと、アイはこれからの高千穂ライフに期待を膨らませていた。

そんな折、運転席から社長のため息が聞こえてくる。

「父親は誰なんだ?」

一緒に東京を出てきてこちら、何度も何度も聞かれた質問だ。社長も懲《こ》りないものだ。だからアイもまた、飽きずに同じ笑顔を返すことにした。

「それは内緒～」

社長はハンドルを握りつつ、「ったく」と舌打ちをしてみせる。これもまた、この旅で何度となく目にした反応だった。

「どうしてこんな時期になるまで相談しなかった」

「だって社長、言ったら絶対反対するじゃん」

「本当に産む気なのか？」

アイが「もちろん！」と、笑顔で応えると、社長はこの世の終わりのような顔をしてみせた。

「アイドルのお前が、未成年で妊娠出産だなんて世間に知れたら、お前もうちの事務所も終わりだぞ……」

ネガティブだなあ、とアイは思う。要はバレなければいいだけの話なのに。

幸い、あの若い産科医の先生も、全面的に手助けしてくれるつもりのようだった。アイの立場を気遣って、今後は偽名を使って通院するように指示をしてくれたりしている。手続きとか、いろいろ大変だっただろうに。

あの先生が面倒を見てくれるなら、きっと無事に出産できる。そんな気がする。

アイはそっと、自分の膨らんだお腹に手を当てた。この中に、双子がいるという。

まさか自分が母親になるだなんて、少し前までは思ってもみなかった。

自分がいいママになれるのかはわからない。それでも、そうなれるように努力はしたい。

全力で可愛がってあげたい。

生まれてくるこの子たちに、昔の自分のような思いは絶対にさせたくはない――。アイは、そんな風に思っていた。

※

お父さんの顔は知らない。

お母さんは、いつも不機嫌だった。

アイの脳裏に蘇《よみがえ》るのは、小さくて狭くて薄暗い、１ＤＫの木造アパートの記憶。薄汚れた食卓の上には、いつもレトルトの食品か、コンビニのホットスナック類ばかりが並んでいた。手料理なんて、食べた記憶はない。

あれは七歳だったか八歳だったか。アイが食事をしていたとき、母に食事が載ったお盆をひっくり返されたことがある。

あのときも母は、鬼のような形相でアイを叱りつけていた。

「静かにしろって言ってるでしょ！」

ガラスのコップが割れた甲高い音は、幼いアイを委縮させるには十分だった。しかし母はそれだけでは飽き足らず、ゴミでも見るような目でアイを睨《にら》みつけていたのだ。

うるさくなんてしていないのに。静かにご飯を食べていただけなのに。

「なに笑ってるのよ。全部あんたが悪いんだからね」

アイが「ごめんなさい」と頭を下げても、母親の怒りが収まることはなかった。刺々《とげとげ》しい表情で、なにも言わずに隣の部屋に引っこんでしまう。

床には、今しがた母がひっくり返した食べ物が散乱していた。パックのご飯があちこちに飛び散り、叩きつけられたコロッケは床で半分潰れている。

まるで嵐が過ぎ去ったあとみたいだ、と思う。食卓を襲った天変地異のごとき母の怒りは、子供の頃のアイにはどうすることもできなかった。

どうしていつも、お母さんはあんなに怒ってばかりなのだろう。当時のアイには、それがよくわからなかった。

今になって思い返せば、思い当たる理由はあったのだ。当時母が付き合っていた男が、母ではなく娘のアイに色目を使っていたとか。それがきっかけで結婚話がご破算になったとか。要するにまあ、あの母は娘に嫉妬《しっと》していたのだ。

しかし当時のアイにとっては、そんな母親の事情なんてわからない。きっと自分はダメな子なんだろうと、漠然と思っていたものだ。

アイは床にしゃがみこみ、散乱した食べ物を口に運び始めた。ご飯を残してしまうと、また母が怒鳴り始めるかもしれない。それが怖かったのだ。

床にひっくり返ったご飯は、お世辞にも美味しいとは思えなかった。それでもアイは、ただ義務感にかられて黙々とそれを口に運ぶ。

ご飯をかむと、ガリリと嫌な音がした。飛び散ったガラスの一部が、ご飯の中にも入ってしまっていたのだろう。ガラス片は口内を傷つけ、口の中に血の味が広がるのを感じた。

ちらり、と隣室の母を見る。

母は唇に真っ赤なルージュを塗り、出かける支度をしているところだった。きっとまた、どこか男の人のところに向かうに違いない。

視界が涙でにじむ。どうしていつも怒られるんだろう。どうすれば、自分は良い子になれるんだろう。そんな疑問が、ぐるぐるとアイの頭の中を回っていた。

あの頃の、涙と血が混じったご飯の味は、今でも妙に覚えている。

※

そんな母親との生活も、それほど長くは続かなかった。

アイが小学三年生になるかならないかという頃だ。いつものように母親不在のとある朝、ピンポン、とアパートのインターホンが響いた。

いったい誰だろう。アイが警戒しながらドアを開けると、スーツ姿のおばさんとおじさんがひとりずつ、それからお巡りさんが戸口に立っていた。

おばさんたちは、アイに優しげな視線を向けた。

「星野アイちゃんですね？」

アイは、こくりと頷く。

おばさんたちは気の毒そうな顔でアイを見つめながら、児童相談所から来た、と自己紹介をする。

「お母さんね、しばらくおうちに帰れなくなっちゃったの。お母さんが戻ってくるまで、おばさんたちと一緒に待ってよっか？」

母が帰ってこない。そんなのはいつものことだ。なのに、このおばさんはなにを言っているんだろう――。当時のアイは不思議に思っていたが、それを口に出せるような雰囲気ではなかった。おばさんたちは「虐待《ぎゃくたい》」とか「育児放棄」とか、当時のアイの知らない難しい言葉を交わし合っていた。そうして、あれよあれよという間に、アイを家から連れ出してしまった。

おばさんたちに連れられ、アイが向かった先は児童養護施設だった。

どうやらこのとき、母親は窃盗《せっとう》で逮捕され、警察の留置所に送られていたらしい。アイがそれを知ったのは、もう少し大きくなってからだった。

※

アイが送られたのは、『めぐりの里』という名の児童養護施設だった。

ここで暮らす子供の数は、全員で二十人ほど。もともと親がいない子供や、アイのように親と一緒に暮らすことのできない子供たちが集められているという。

施設の庭では、数人の子供たちがきゃっきゃと楽しそうに騒いでいる。かけっこに縄跳《なわと》び、ボール遊び。みな、思い思いに自由に遊んでいる。

施設の女性職員さんが、フラフープをする子を見て、「おお、すごい」と手を叩いていた。それから、同じようにフラフープで遊びたそうな顔をしている子に向き直り、「やりたい？　いいよー」と、フラフープを手渡している。

ここで遊ぶ子供たちは、みな嬉しそうな表情だった。

遊びにふける子供たちの姿を遠目に見て、アイは驚いていた。どうしてあの子たちは、あんなに笑っているんだろう。なにがそんなに楽しいんだろう。

そのときふと、施設の女性職員さんが、アイに近づいてきた。

「どうしたの？　みんなと遊ばないの？」

アイは職員さんを見上げ、尋ねた。

「お母さん、いつになったら迎えに来るの……？」

「お母さん、お仕事忙しいんだって」

職員さんが、アイにぎこちない笑みを向けた。子供なりに、それが嘘だというのはすぐにわかる。

捨てられたのかな――このときのアイは、なんとなくそう思った。

捨てられたのは、自分がやっぱり悪い子だったからだろうか。もう二度と、自分は母には会えないのだろうか。そんなことを考えながら、アイは無言でじっと足元を見つめていた。

職員さんは、そんなアイの様子に同情したのかもしれない。少しわざとらしく、アイの顔を覗きこんできた。

「ねえアイちゃん。ちょっと笑ってみて」

え、とアイは戸惑った。笑ってどうなるというのだろう。そんな気分じゃないのに。

とはいえ、アイは結局職員さんの言う通りにすることにした。大人の言葉には素直に従わないと、げんこつが飛んでくる——母親とのやりとりで、それを学ばされていたからだ。

アイは恐る恐る口角を吊り上げ、笑顔を作ってみせる。他の子たちの呑気な笑顔を、見よう見まねで再現してみたのだ。

それはどうやら、正解だったようだ。職員さんは「やっぱり！」と、表情を明るくした。

「アイちゃんの笑顔は、とーっても素敵だね！」

そのままアイの頭に手を乗せ、よしよしと撫《な》でてくる。大人に頭を撫でられた経験は、それが初めてだった。少しこそばゆいけれど、悪くない気分。

「先生、もっともっとアイちゃんの笑顔が見たいな～！」

職員さんはアイの手を取り、「あっちでみんなと遊ぼ！」と微笑みかけた。

アイはそれに逆らわず、素直に彼女について他の子たちのもとへと向かう。顔に、作った笑みを張り付けたまま。

思えばこれがアイにとって、初めての嘘だったのかもしれない。

自分が嘘をつけば、周りの人は喜んでくれるんだ。そうすればきっともう、殴られないで済む——。施設で暮らすうち、アイは少しずつそれを学習していったのである。

※

それからのアイの施設での生活は、研究の日々だった。

どう振る舞えば、人から可愛がられるのか。どんな風に笑ったら、人に許されるのか
――反復と実践《じっせん》によって、最適な方法を編み出していく。

ひとつの例としてアイが見出したのは、あからさまな失敗をしてみせることだった。ベッドに入るとき、わざとパジャマを裏返しに着てみせる、などがそれだ。

これは効果てきめんで、職員さんも「ちょっとアイ！」と笑っていたくらいである。

「またパジャマ裏返しじゃなーい」

アイは今言われて気づいたかのように、「ほんとだ！」と目を丸くしてみせる。そうして「てへへ」と舌を出してみせれば、職員さんたちはみんなニコニコ顔になるのだ。

他にも、フリースペースの壁一面に落書きをしてみせるとか、そんな大それたこともやってみた。

「ええ！　ちょっと待ってアイちゃん、なにしてんの！　こんなとこに落書きしちゃダメでしょ！」

職員さんに怒られ、アイは可愛らしく「ごめんなさーい」と笑顔を浮かべる。職員さん

も思わず噴き出しつつ、「ちょっとぉ」と呆れたように笑っていた。

不思議だなあ、とアイは思う。母親と暮らしていたあのアパートでは殴られていた行為が、この施設では皆を笑わせるのだから。

テレビに出ているアイドルたちのように歌ったり踊ったりしても、誰も怒らない。それどころか、「アイは可愛いね」と拍手喝采《かっさい》されるのである。これはアイにとって、かなりのカルチャーショックだった。

お遊戯会で歌って踊るアイは、一躍みんなの人気者になることができた。

あの母親が異常だったのか。それとも、ここの職員たちや周りの子供たちが変わっているのか。当時のアイには、それを判断することはできなかった。

とりあえず、周りの人の反応を優先する。このときのアイにとって指標となる存在だったのは、施設の面々だった。

周りのみんなが喜んでくれるなら、それが一番。

この頃のアイはひたすら、相手が求める『星野アイ』を演じ続けた。

そのたびに、嘘が上手くなっていくのを実感しながら。

※

施設での生活は、そのまま穏やかに過ぎていった。

数年が過ぎ、アイには、かつてアパートで暮らしていた頃の陰《かげ》はない。星野アイといえば、いつでもニコニコ。笑顔が自慢の可愛い女の子だ。周囲からも、明るい少女だと思われていたことだろう。笑顔は今や、得意技となっていた。

斉藤社長と出会ったのは、ちょうどその頃だった。

アイが街に遊びに出てきていたとき、声をかけられたのである。「話だけでも聞いてくれたら、何でも奢《おご》っちゃう」と。

サングラスにひげ面のこのオジサンの第一印象は、正直「変な人」だった。

この人は、どうして自分なんかに声をかけてきたのだろう。詐欺《さぎ》を仕掛けるにしても、ナンパを仕掛けるにしても、もっと他にいい相手がいるだろうに。

なにしろ自分は、華やかに着飾って通りを歩いている綺麗な子たちとは違うのだ。一着二千円もしないノーブランドのTシャツを着ているような小娘なのである。

まあとりあえず、適当に一杯だけご馳走《ちそう》になって帰ろう――。そう思ってカフェに入ったのだが、このオジサンは、アイに意外な提案を持ち掛けてきた。

「アイドル？　私が？　ウケる」

アイは小さく笑い、抹茶《まっちゃ》ラテのカップをテーブルに置いた。

目の前に差し出された名刺には、「苺プロダクション　斉藤壱護」と書かれている。どうやらこのオジサンは、芸能事務所の社長らしい。

斉藤社長の用件は、アイのスカウトだった。なんでも彼の事務所で所属の若手モデルたちを集めて、アイドルユニットを組むらしい。アイをそこに参加させたいというのだ。

「キミなら確実にセンターを狙える。俺が保証するよ」

急にそんなことを言われても、よくわからない。少なくともアイは、自分がアイドルなどというものに向いているとは思っていなかったのだから。

アイは、つっけんどんに社長に名刺を突き返した。

「やめといた方がいいと思うけどなあ。私、施設の子だよ」

社長は「あ、そう」と相づちを打った。

アイは抹茶ラテをひと口含み、話を続けた。

「うち母子家庭だったんだけど、お母さん窃盗で捕まっちゃって、施設行き」

社長は平然と、アイの話を聞いていた。

結構ショッキングな話をしているつもりなのだが、思ったよりも反応が薄い。もう少し脅《おど》かせば、お引き取りいただけるだろうか。アイは、さらに話を続けた。

「そのまま捨てられちゃったんだよねー。アイドルになるには生い立ちがヘビーすぎるでしょ」

「いいんじゃねえの？」

社長の答えに、アイは「え？」と目を丸くした。いいんじゃねえの、とは、どういう意味だろう。

「アイドルなんて、そもそもまともな人間がやる仕事じゃねえからな。むしろ向いてるんじゃねえのか？」

「でも私、人を愛した記憶も、愛された記憶もないんだよ？　そんな人間が、みんなから愛されるアイドルになれると思う？　ファンを愛せるわけないよね？」

アイドルというのは、笑顔を振りまいて皆を幸せにする、純粋な存在だ。少なくとも、アイはそういうイメージを抱いている。

要するに、嘘つきで人嫌いの自分とは真逆だというわけだ。お門違いもいいところ。

アイは自嘲《じちょう》気味に薄笑いを浮かべていたのだが、社長はまったく表情を変えなかった。まるでアイの内心を見透かすように、サングラスの奥からじっと見つめてくる。

「俺には、『本当は誰かを愛したい』て言ってるように聞こえるけどな」

アイは、はっと息をのんだ。社長の指摘は、図星だったのかもしれない。

正直これまで、そんなことを考えたことはなかったけれど——自分にできるのだろうか。

こんな自分が、誰かを愛してもいいのだろうか。

他人から愛されたことも、愛したこともないのに、巷《ちまた》のアイドルよろしく『愛してる』なんて歌ってもいいのだろうか。

そんなアイの疑問は、社長にはお見通しだったようだ。

「『みんな愛してる』って言いながら歌って踊ってるうちに、その嘘はいつか、本当になるかもしれない」

社長の言葉は、アイには衝撃的だった。

——嘘でも『愛してる』って言っていいんだ。

星野アイは、誰かを愛したかった。愛する対象が欲しかった。それは、否定できない。

嘘が本当のことになるなら。いつか、アイドルとして、ファンを愛せるようになるなら。

やってみる価値はあるのかもしれない。

そうしてアイは、アイドルになることを決めたのだった。

※

〝B小町〟――それがアイの所属するアイドルユニットの名前だった。

施設出身の子がいるグループなんて、ファンに愛されるわけがない。地下アイドルとして地道に活動するのが精いっぱいだろう。当初はそう思っていたアイだったが、意外にもB小町は、それなりの売れゆきを見せていた。アイもいっぱしのアイドルというわけである。

しかしアイドル生活も、ただ楽しいだけではなかった。

なにしろ時間がない。歌やダンスを覚えるのは、それなりに時間がかかる。平日の夜や休日のすべてをレッスンに割いても、なお足りないくらいだ。ファンを愛するというのは、考えていたよりもずっと難しいことだった。

そして、それ以上にアイを悩ませたのは、他のメンバーたちとの関係だった。

B小町のメンバーたちは、そのほとんどがアイを仲間ではなく、自身の人気を奪う敵だと捉《とら》えていたようだった。

彼女たちとの関係は、施設の子たちとはまた違う。適当に愛想笑いを浮かべていればなんとか仲良くやっていける、というものではない。

メンバーたちから感じるのは、強い敵意や嫉妬。「アイのおまけにはなりたくない」というわんばかりのジメジメとした劣等感。

たとえアイの方に争う気がなくても、彼女たちのジェラシーの鋭い刃はアイの首筋に突きつけられている。アイがセンターの座についているかぎり、このギスギス感が消えることはないのだろう。

実際何度か、仲間内で嫌がらせをされたこともあるのだ。正直言えばアイは、B小町を抜けよう、アイドルを辞めようと思ったこともある。

そのときは社長のとりなしもあって、もう少し頑張ろうとは考え直してみたけれど——

それでもやっぱり、やる気の波が下がることもある。

もともと自分は、飽きっぽいのだ。メンタルが強い人間でないことも自覚している。

そんなアイの低迷は、周りの大人たちにも伝わっていたのだろう。

それは、ある日のダンス練習のときのことだった。

アイがスタジオでぼーっと練習をこなしていると、背後から視線を感じた。

視線の主は、背の高いオジサンだった。スタジオの隅《すみ》に立ち、鋭い目でアイの方をじっと見ている。

あのオジサンは、鏑木《かぶらぎ》勝也《まさや》といっただろうか。CMやドラマ、映画のプロデューサーとして有名な人らしい。

鏑木は、隣で練習を見ていた斉藤社長になにか提案をしているようだった。

「一度、外部の人間に預けてみたらどうです？」

彼らはどうやら、アイのことを話しているらしい。

社長は、「外部？」と首を傾げた。アイも内心、同じように首を傾げていた。外部ってなんだろう。預けるってなんだろう。

そんなアイの疑問など知る由《よし》もなく、鏑木が続ける。

「知り合いの劇団がワークショップをやってるんですよ。よかったらご紹介しますよ」

ワークショップってなんだろう。

※

聞けばワークショップとは、体験型の講座のことらしい。

劇団などではよく行われている手法だという。劇団の内外から参加者を募り、主催者から与えられた課題に取り組む。それによって参加者が相互に刺激を与えあい、表現力やコミュニケーション力を高める――というのがワークショップの目的なのだそうだ。

社長からそういう説明を聞いたアイは、「へえ」と感心したものである。演劇をやっている人たちって、普段そんなことしてるんだ、と。

とはいえ、今回は他人事《ひとごと》ではない。アイは鏑木の勧めで、よくわからないまま、この劇団ワークショップへと参加させられることになった。

きっとなにか得るものがある、というのが鏑木の言い分だったが、果たして単なるアイドルの自分に、演劇のワークショップなどなにか意味があるのだろうか。

ワークショップの主催は「劇団ララライ」という団体だった。鏑木が、学生時代に所属していたという、かなり実力派ぞろいの劇団らしい。

劇団所有の稽古場は、いるだけで火傷《やけど》をしそうなほどの熱気に満ち溢れていた。稽古場中央では、参加者のひとりが台本を片手に大声を張り上げ、オリジナル脚本の一幕を演じている。私を全国に連れてって、とかそういう話だ。

学校の部活動をテーマにした、青春モノの芝居だった。これが今回のワークショップの課題らしい。

参加者たちは、迫真の演技を見せていた。さすがワークショップに自《みず》ら参加するだけあって、彼らからは強い熱意を感じる。

他の参加者たちも、穴の開きそうな視線で演技者を見守っていた。他の参加者から演劇技術を盗もうと、みな必死の様子だった。

もっとも、アイは違っていた。もともと、半ば無理やりここに参加させられただけなのだ。熱意なんて欠片《かけら》もない。アイはただ稽古場の隅に座り、漫然と周りの参加者たちの顔を見て時間を過ごしていた。

その中でふと、ひとりの参加者に目が留まった。

アイよりも少し年下の男の子だ。淡い髪の色に、美しく整った目鼻立ち。アイよりもやや背は低い。彼はまるでファンタジー世界の妖精のように、華奢で儚《はかな》げな印象だった。

少年は他の参加者のように熱心に課題に取り組んでいるというよりは、アイ同様、ぼんやりと周りを観察しているようだった。その横顔がなぜか浮世離れしているように思えて、気になってしまったのである。

アイが少年を見つめていると、演出家が「はい」と手を叩いた。演技をしていた参加者たちが、深々とお辞儀をして稽古場の中央を離れていく。

「じゃあ次。アイ」

自分の番が来たようだ。面倒くさいな、と思いつつ立ち上がる。

演出家はさらに続けて、「ヒカル」と名を呼んだ。

先ほどの男の子が、「はい」と返事をして静かに立ち上がった。ヒカルと呼ばれた少年は、アイの方を見ずに稽古場中央へと歩いていく。どうやらアイは、このヒカルという男の子と一緒にペアで演技をすることになったらしい。

この子はいったい、どういう演技をするんだろう。アイの心には、不思議と興味がわき始めていた。他の参加者はともかく、この子の演技はなぜか気になる。どこか自分と似ている空気を感じたからかもしれない。

これが、アイとカミキヒカルの出会いだった。

3　ゴロー

日々はまたたく間に過ぎ、ついにアイが出産のために入院する日がやってきた。

ゴローが彼女の病室をノックすると、「はーい」という元気な声が返ってくる。

「先生！　今日からよろしくね！」

キャップを被ったアイが、ベッドに腰かけている。

彼女が持参してきたのは、わずかな着替えと、身の回りの日用品。それから、キラキラ輝くまぶしい笑顔だ。その笑顔は以前雑誌に載った私服姿のグラビアよりも、百万倍は魅力的に思えた。

入院生活が始まり、ゴローは改めてアイの魅力を再発見する。なにしろ、その行動のすべてが可愛らしいのだ。

早朝の屋上で、ラジオ体操をしているときもそうだ。彼女はまるでダンスレッスンにでも臨《のぞ》むかのように、「いち、に、さん、し……」と元気よく体操をこなしていた。周囲で体操していた高齢の入院患者たちも、思わず頬を綻《ほころ》ばせていた。

病室で隠れてお菓子を食べようとしていたときの表情もよかった。現場をゴローに見とがめられ、とぼけているアイの顔は、カメラに収めて永久保存しておきたいくらいだった。

「食べてないよ、見てただけー」

アイは笑顔を浮かべ、スナック菓子の袋を慌《あわ》ててベッドサイドの引き出しの中に隠した。

ゴローが「んん?」と引き出しを開けると、案の定だ。中には、ギッシリとお菓子が貯蔵されていた。ホント仕方のない子。

「塩分摂《と》りすぎ。カフェイン注意。聞いてますか?」

ゴローは引き出しの中のお菓子を没収しつつ、アイに目を向けた。

アイはまったくゴローの話を聞かず、昆布《こんぶ》のお菓子を口にくわえていた。ゴローは思わず「お菓子食べすぎ」とため息をついてしまう。

「ほら、貸しなさい」

アイは昆布を口にくわえながら、「食べる?」と小首を傾げた。その様はもはや、小悪魔的な魅力に溢れていた。

お腹のエコーを見ながら説明をしているときも、アイはモニターにキラキラとした目を向けていた。

「あ、もう顔見えるね。これが口、これ目、鼻、これ心臓」

モニターに向かいながらも、ついついゴローは、彼女に目を奪われてしまっていた。

なにせアイは、プライベートでも『完璧で究極のアイドル』だったのだから。

※

そうして、あれよあれよという間に月日は経ち、アイも臨月を迎えていた。

もういつ双子が生まれてもおかしくないという状況だ。アイもこの頃は、ずいぶん母親らしい顔をするようになったとゴローは思う。

ゴローと一緒に林の中を散歩しながら、アイは愛《いと》おしげな目で大きく膨らんだお腹を撫でていた。生まれてくる子たちが健康なのかどうかとか、将来どう育つのかとか、話題も双子たちのことばかりだ。

ゴローも、近頃では彼女とだいぶ打ち解けられたと思っていた。ありがたいことに、医者として信頼されているようで、初めて顔を合わせた日のような緊張感はなくなっていた。

しかし、どれだけ親しくなろうとも、アイは、双子の父親が誰なのか、決して明かそうとはしなかった。

きっと相手も、アイと同じく子供がいてはマズイ人間なのだろう――ひとまずそういう風に、ゴローは理解している。

正直いえば、複雑な気持ちはある。けれど、それは全力で隠した。

嘘は愛。彼女が以前言っていた言葉だ。ゴローもまた自分の気持ちに嘘をつく。ファンのひとりとして、アイを愛するために。

※

彼女と一緒に病院近くの林の小道を歩いていたときだ。隣を歩くアイが「ねえ先生聞いて！」と満面の笑みを向けてきた。

「子供たちの名前決めたんだ！　星野愛久愛海《あくあまりん》と――」

「ちょ、ちょっと待て」思わずゴローは口を挟んでいた。「あくあ、まりん……？」

「そう、アクアくん！　もうひとりはね、瑠美衣《るびぃ》ちゃん！　可愛いでしょ！」

「いくらなんでも、ネームがキラキラし過ぎてないか……？」

ゴローが顔をしかめても、アイは「もう決めたことだから！」と譲らない。さすが無敵のアイドル様。周りの意見などお構いなしということか。

アイは晴れやかな顔で、ますます大きくなったお腹を撫でていた。

「あと一週間か～！　楽しみだね！」

ゴローは苦笑しつつ、アイに頷き返した。

出産が終われば、この関係も終わりか――。そう思うと、どこか寂しい気持ちもある。医者と患者としての繋《つな》がりはなくなり、ただのアイドルとファンに戻るのだ。

まあ、もとより覚悟していたことではある。

この数か月で、アイのことはより深く理解できた。少し裏の面も見えたけれど、彼女のカラッとした性格を、むしろ好きになった感すらある。

彼女の幸せを、心から応援しよう。ゴローはこのとき、そんなことを考えていた。

※

診察室で朝の準備をしているときのことだった。川村さんが、「先生、聞きました？」と切り出してきた。

「何がですか？」

「最近、病院の周りを不審者がうろついているって話」

ゴローは「不審者？」と顔をしかめた。

高千穂といえば、ごくごく平和な田舎町だ。東京のような都会ならいざ知らず、事件なんてほとんど起こらない。この高千穂で、この手の物騒な噂《うわさ》が広まるなんて珍しい。

アイ絡みか？　とゴローは首を傾げた。

しかし、この話はすぐに記憶から消えてしまった。ちょうど仕事に忙殺されていた時期だったからだ。

後々、ゴローは思い返すことになる。このときもっとしっかり対策をしておけば、自分やアイの運命は変わったのかもしれない、と。

※

アイが産気づいたという報せを受けたのは、まさにその夜だった。

ひととおりの仕事を終え、ゴローが更衣室へと向かっていたときのことだ。懐の院内PHSが振動した。看護師の川村さんが、連絡をよこしてきたのである。

「――はい、わかりました。すぐ向かいます」

ゴローはすぐさま、アイの病室へと向かった。

ベッドに横たわるアイは、額に脂汗《あぶらあせ》を浮かべていた。

「痛ぁーい……」

川村さんが、「深呼吸忘れないで」とアイを落ち着かせている。

ゴローが診察したところ、陣痛の間隔は今のところ十分程度のようだ。分娩《ぶんべん》第一期としては、安定していると言ってもいいだろう。

「川村さん、そろそろ分娩の準備始めましょうか」

腕時計で、現在の時間を確かめる。ここから数時間が、産科医としての勝負どころだ。

川村さんは「はい」と頷き、それからアイの方に向き直って告げた。「では佐藤さん、移動します。ゆっくりでいいですからね」

アイのことは、院内では〝佐藤さん〟と呼ぶように取り計らっていた。身バレのトラブルを避けるためだ。もちろん、書類上でもそう偽装している。これは、ゴローとアイの他、芸能事務所の斉藤社長しか知らないことだ。

ゴローはふうっと大きく深呼吸をしながら、アイの病室を離れた。準備を整え、分娩室へと向かうためだ。

「安心しろ、アイ」廊下を歩きながら、ゴローは呟《つぶや》いた。「俺が必ず、安全に、元気な子供を産ませてやるからな」

不穏な空気を感じたのは、そのときだった。

廊下に、見慣れない若い男がいる。パーカーのフードを目深に被った、背の高い男だ。通りがかりの看護師をつかまえて「すみません」と尋ねている。

「星野アイの病室は、どこですか?」

看護師は「星野さん?　星野?」と首を傾げている。

この看護師が知らないのも当然だ。「星野アイ」がこの病院にいることを知っている医師は、ゴローだけなのだから。

ゴローは訝しみつつ、パーカー男に歩み寄った。

「なにか御用ですか?」

パーカー男は、はっとした表情を浮かべた。そのまま血相を変え、突然、逃げるように走り出したのである。

「ちょっと!」

妙な胸騒ぎを感じ、ゴローはパーカー男を追って走り出した。背後では、看護師が「雨宮先生！」と目を丸くしている。

男を追って廊下を駆け抜け、階段を飛び降りるように下る。

「おい、おい！」

ゴローが叫ぶと、パーカー男は身を強張《こわば》らせた。廊下に置いてあったクリーニング袋に足をとられ、床に転倒する。

ゴローはその隙《すき》を見逃がさなかった。パーカー男の胸倉をつかみあげ、睨みつける。

「どうしてここがわかった！　どうして公表してないアイの苗字《みようじ》を知ってる⁉」

パーカー男は答える代わりに、どん、とゴローの腹に蹴《け》りを入れた。

ゴローは痛みに「うっ」と呻《うめ》き、背後に転倒してしまう。

自由を取りもどしたパーカー男は、無言のまま再び立ち上がり、またしても逃走を始める。

「おい、止まれ！」

ゴローは叫んだが、男は止まらなかった。病院裏の通用口を抜けて、建物の外へと逃げていった。

ゴローはとっさに、通用口に備え付けられた避難用の懐中電灯を手に取った。パーカー男の後を追って、夜の闇《やみ》に飛びこむ。

「おい待て、おい！」

全力疾走なんて久しぶりだ。手足が軋《きし》み、心臓がどくんどくんと跳ねている。こんなことなら、もう少し日頃から運動しておけばよかったと思う。

しかし問題は、体力的な面だけではなかった。この病院は、鬱蒼《うっそう》とした林に囲まれているのだ。照明はほとんどなく、特にこんな夜遅くともなれば、真っ暗闇である。こんな状況で逃げる者を追いかけるのは、至難の業だった。

気づけばパーカー男の姿は、ゴローの視界から完全に消え失せてしまっていた。

あの男の足音なのか、それとも風の音なのか、周囲からはガサガサと葉が揺れる音が聞こえている。懐中電灯の光は、ただ暗い林を虚《むな》しく照らしているだけだった。

「ちくしょう、どこ行った――」

ゴローがため息をつこうとした、そのときだった。

どん、と後ろから突き飛ばされるような衝撃を感じた。地面を踏んでいたはずの足元の感覚がなくなり、続けて視界がぐるりと回転する。落下するような感覚に襲われ、全身が硬い地面に叩きつけられる音が響いた。骨が砕ける壮絶な痛みが、ゴローの全身を駆け巡った。

なにが起きたのか、まったくわからない。ただひとつだけゴローにわかったのは、自分の意識がそこで途絶えたということだけだった。

※

どういうわけか、ひどく気分が悪かった。

身体は鉛《なまり》のように重く、指先ひとつ動かせない。どろりと生温かい感覚が頬《ほお》を伝っている。それが自分の頭から流れる血液だということに気づいたのは、しばらく経った後のことだった。

――どこだ……？　ここ……。

どうやら今、ゴローの身体は硬い地面の上に横たわっているようだった。聞こえてくるのは、木々が揺れる音だけ。

真っ暗闇の中、遠くの方に薄ぼんやりと光が浮かんでいるのが見える。あれは月なのか星なのか、それとも自分が落としたＰＨＳの光なのか。頭が朦朧《もうろう》としていて、よくわからない。

もっとまぶしい光があればいいのに、と思う。

キラキラと光輝く、一番星のような。

そこでゴローは、ようやく自分のすべきことを思い出した。

「早く、アイのところに行かなきゃ……」

ゴローは力を振り絞り、なんとか手を伸ばした。

指先が、胸元の名札ケースに触れる。中には〝アイ無限恒久永遠推し!!!〟と書かれたアクリル製のキーホルダーが挟まっていた。

そうだ。どこまでもアイを推すことこそ、自分の使命なのだ。それができなかった、さりなのためにも。

「アイ……。俺が……産ませてやるからな……。安全に……元気な子供たちを……」

だが、ゴローにはもう立ち上がる力はなかった。まぶたも重くなり、再度、ふうっと意識が遠くなる。

虚しくて、寂しくて、悔しくて、どうしようもない無力感に包まれていた。やるべきことを果たせずに消えなければならないなんて、あまりにも酷《ひど》すぎる。

これが死か、とゴローは思う。

職業柄、人の死に触れることは多かった。だが、自分で体験するのは初めてのことだ。

もしかしたらあの子も——さりなも、最期はこういう気持ちを味わったのだろうか。

——私、来世では絶対、アイみたいに生まれ変わるんだ！

ふと、さりながよく言っていた言葉を思い出す。

来世。もしそんなものが自分にもあるのなら——。

ゴローの意識は、そこでぷつりと途切れた。なにか大きな渦に飲みこまれて、溶けて消えていくように。

※

どこか遠くの方から、聞き覚えのある声が聞こえてきた気がした。

「ねえ……ゴロー先生は……？」

「すぐに来るわよ！　深い呼吸を意識してください！」

ひっひっふー、ひっひっふーというリズミカルな呼吸音が響く。ラマーズ呼吸法。ゴローが以前、アイに指導したものだ。

すぐ脇から「アトニン、アップして！」と切羽詰まった声が聞こえてくる。まるで出産に立ち会う医師のような緊張した声色だ。

「大きく吸って！　はい、止めます。しっかり目を開けて！　また大きく吸って——」

川村さんの声に続き、苦しげな呻き声が聞こえてくる。それはゴローが産科医としてキャリアを積む中で、何度も耳にしてきた声だった。母体は命を産みだすために、想像を絶する苦痛を乗り越えなければならないのである。

目の前に、小さな光があった。

ゴローはひたすら、その光に向かって進んでいた。とにかく前に進まなければならない。そう本能が命じているのだ。とにかく、前へ。前へ。

そうしているうちに、目の前がぱあっと明るくなった。長いトンネルを抜け出たような感覚だ。

すると、どこからともなく赤ん坊の泣く声が聞こえてきた。「おぎゃあ、おぎゃあ」と頭の中に響くような大きな声で。

そして驚くべきことに、どうやらその泣き声は、自分の声帯から発せられているらしいことがわかった。どうして自分は、そんな赤子のような声で泣いているのだろうか。

目の前に、川村さんの顔が見えた気がした。とても喜んでいるような顔だ。

——あ、川村さん？

ゴローは心の中で「すみません」と謝っていた。なにがなんだか状況がまったく把握《はあく》できないとき、とりあえず謝罪の言葉を発してしまうのは、社会人の悲しい習性だ。

「さあ、ママのところにいきましょうね」

ゴローの身体は、ひょい、と川村さんに抱き上げられてしまった。

――えっ、川村さん？　ちょっと？

ゴローは混乱する。自分のような大の男が、川村さんのような中年女性に軽々と持ち上げられてしまうなんて。いったいなんなんだ、この状況は。

ぼんやりとしていた視界が、次第に鮮明になっていく。光の中に、人の姿が明らかになっていくようだった。

「元気な男の子と女の子よ！」

ゴローの目の前にいたのは、アイだった。汗だくの顔でゴローの方を見つめている。顔をくしゃくしゃにして、嬉しそうに涙ぐんでいた。

よく周りを見回してみれば、どうやらここは病院の分娩室のようだった。アイが横たわっているのは、ゴローもおなじみの分娩台。

アイの濡れた瞳が、ゴローを捉えていた。

「アクア……」

それは、どこかで聞き覚えのある名前だった。

ゴローは「アクア？」と疑問の声を上げたかったのだが、口から出たのは「おぎゃあ」

と泣く声だった。

「ルビー……」

ルビー。その名前もまた、聞いたことがある。キラキラしすぎな名前。

アイは、腕に抱いた赤ん坊――この子がルビーというらしい――を、ぎゅっと胸に抱きしめていた。そして同時にゴローは、自分の身体もまたこのルビーと同じサイズであることを知る。

つまり自分は今、赤ちゃんなのだ。

アイにぎゅっと抱きしめられた瞬間、ようやく状況がのみこめた。

とても柔らかく、温かな感触。自分を優しく包みこんでくれる、絶対的な安心感。ゴローは本能的に、その感覚を理解した。

彼女《アイ》は、自分の母親である。

これは夢なのか現実なのか。死んだはずの自分は今、どういうわけか、アイの赤子のひとりとして再びこの世に生を受けていたのだ。

なんだこれは。いったいなにがどうなっているのだ。

「今日からよろしくね……」

アイに微笑みを向けられ、ゴローはただただ困惑する。

内心で「えええええええええ⁉」と叫びながら。

4　リョースケ

喉《のど》が焼けるようにひりつく。全身から滝のように汗が噴き出ている。心臓はどくんどくんと、はじけ飛びそうなほどに鼓動を繰りかえしていた。

――やった。やってしまった。

菅野《すがの》良介《りようすけ》の身体は、がくがくと震えていた。

林の中で眼鏡の医者を突き飛ばしたのが、つい三十分ほど前のこと。医者の身体は崖《がけ》下に落下し、そのまま動かなくなってしまった。ちゃんと確認はしていないが、あの高さから落ちれば、どう考えても死は免《まぬが》れないだろう。

だって、仕方がなかったのだ。リョースケは、誰にともなく呟いた。

あの医者に追いつかれたら、警察に捕まると思った。それが怖くて、ついあんなことをしてしまったのである。

――どうしよう。どうしよう。こんなことをするつもりじゃなかったのに。

リョースケはパニックになりつつ、林の中を駆けだした。誰にもバレませんようにと、神様に祈りながら。

そこからは、どこをどう歩いたかわからない。気づけばリョースケは、産業道路の片隅にぽつんとひとりで佇《たたず》んでいた。

どうしていいのか、全然わからない。リョースケはただ、自分を裏切ったアイに、一言文句を言ってやろうと思っただけなのだ。

なのに、なぜこんな目に遭《あ》ってしまうんだろう。自分はなにも悪くないのに。悪いのは、アイなのに。それからあの医者なのに。

このままでは、本当に捕まってしまうかもしれない。

リョースケは懐から携帯電話を取り出し、電話帳から〝彼〟を呼び出した。こういうときに頼りになるのは、もう〝彼〟しかいない。

二十コール目でようやく出た〝彼〟に、事のあらましを説明する。半ば泣きじゃくりながらではあったが、〝彼〟はとても頭がいい。すぐにこちらの状況を把握してくれたようだ。

〝彼〟は、電話口の向こうで、『嘘でしょ？』と半笑いを浮かべていた。

『本当に殺しちゃったの？　しかも医者の方を？』

「どうしよう……。俺、どうしたらいい？」

ただ狼狽《うろた》えることしかできないリョースケに、〝彼〟はあっさり『大丈夫だよ』と告げた。

『僕の言う通りにすれば、君を助けてあげられる』

リョースケは、〝彼〟の語る言葉を深く心に刻みこんだ。

相変わらず、心が落ち着く声色だった。ようやく地に足のついた心地がする。〝彼〟はリョースケよりもだいぶ年下だが、その言葉には不思議と人の心を癒すなにかが感じられるのだ。

〝彼〟の言う通りにすれば、きっと大丈夫。

リョースケは、安堵の笑みを浮かべた。

二章

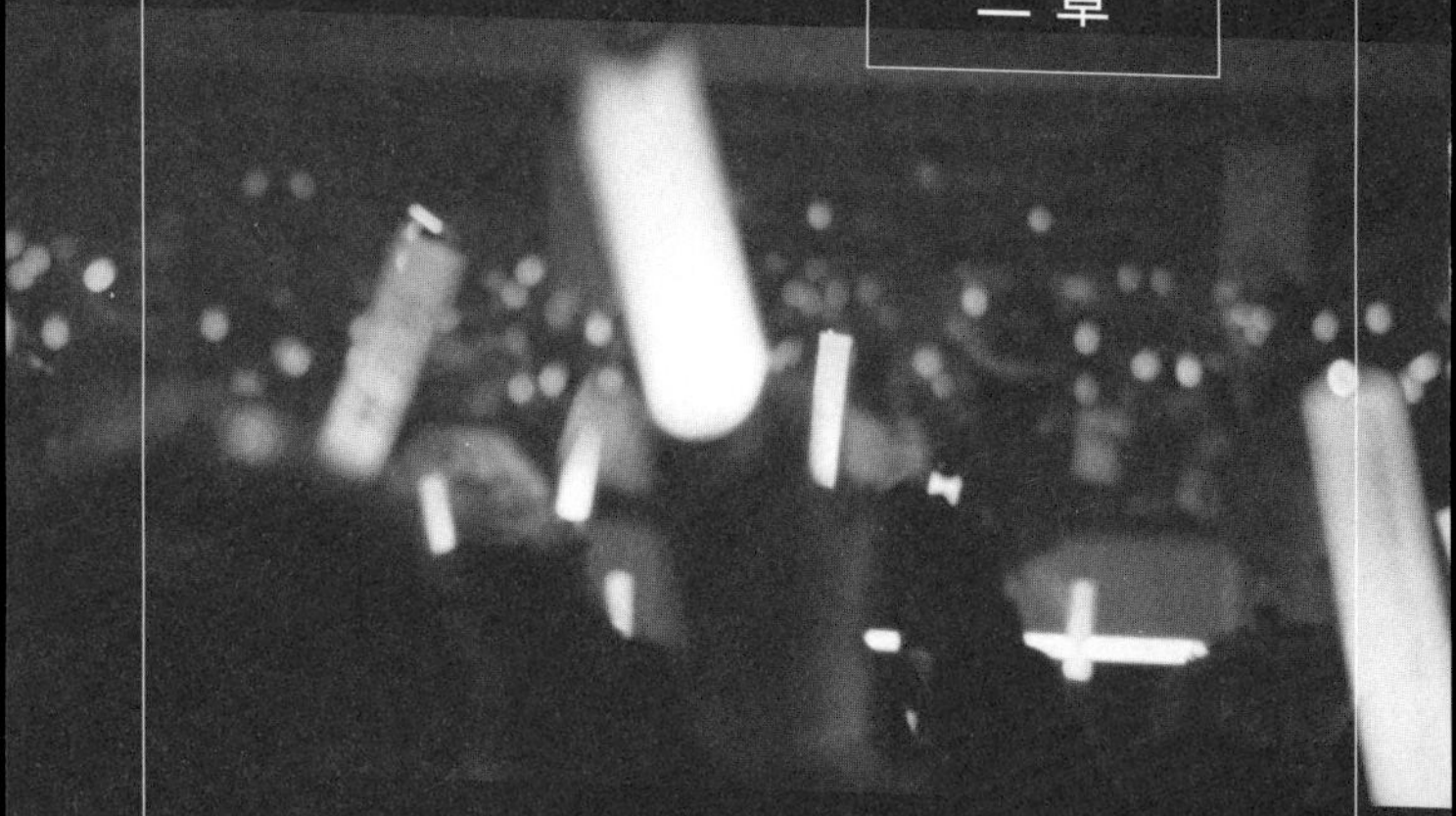

1　アクア

自分みたいな人間は、死んだら地獄《じごく》に行くと思っていた。

しかしどうも、そうはならなかったらしい。あの日非業《ひごう》の死を遂げたはずの雨宮《あまみや》ゴローは、なぜかもう一度この世に生を受けていた。

星野《ほしの》アイの息子、星野愛久愛海《あくあまりん》（すごい名前だ！）として。

ゴロー――もとい、一歳になった星野アクアは、苺《いちご》プロの斉藤《さいとう》社長の自宅リビングにて、前世同様のファン活動に励んでいた。テレビに映るＤＶＤの映像を観ながら、アイのパフォーマンスに見とれていたのである。

推し活仲間は、双子の妹・星野ルビーだ。

「ねえ、この頃のツアーのセトリやばくない？」

「ああ、何度見ても飽きがこないな。アガる」

ベビー用品とオモチャに囲まれ、一歳児の双子がアイドルＤＶＤを品評する。はた目には、かなり奇妙な光景かもしれない。

「『我ら完全無敵のアイドル!!』、神曲《かみきょく》でしかないんだけど！」

ルビーは、一歳児らしからぬ饒舌《じょうぜつ》さで、アイへの愛を熱く語ってみせている。

「ライブ音源アルバム収録希望！　鬼リピだわ〜！」

この妹もまた、普通ではなかった。どうやら、アクアと同様の状況のようだ。

理由も原理もサッパリわからない。ただ自分たちは、前世の記憶を持ったまま、推しのアイドルの子供としてこの世に生まれ変わった。

ルビーも誰かの生まれ変わりらしいが、兄妹《きょうだい》で前世について話すことはない。【推しの子】として、それぞれ今世を楽しもうというスタンスで落ち着いている。

もちろんルビー以外の他人には、この生まれ変わり現象は秘密にするつもりだった。周りにバレたら人体実験でもされかねないからだ。

アクアも、前世では医者のはしくれである。いずれはこの現象の謎を解こうとは思っているのだが、当面はこうして普通の赤ん坊のふりをすることに決めていた。

なにしろ、実の息子として推しのアイドルに好き放題甘えられるのである。これを堪能しないわけにはいかない。

「ふたりとも〜、ご飯の時間でちゅよ〜」

台所から、アイが声をかけてきた。哺乳瓶《ほにゅうびん》の準備が終わったようだ。テレビの前へとやってきて、アクアの方に手を伸ばした。

「ルビーちゃん、ミルク飲もうね～」

そんなことを言いながら、アイはアクアを抱き上げる。この母《アイ》が、息子《アクア》と娘《ルビー》を間違えてしまうのは、かなりの頻度《ひんど》でよくあることだった。

仮にも息子としては、母親に間違えられるのは少し癪《しゃく》だった。アクアは素直に「うぶう」と不満を顔に出してみせることにした。

「よしよし……どうした？　どうした？　どうしたの？」

隣の部屋から、「そっちはアクアでしょ～」と呆《あき》れた声が聞こえてきた。

声の主は、斉藤ミヤコ。斉藤社長の妻であり、苺プロでは事務方の仕事をやっている。時には多忙のアイに代わり、アクアやルビーの子守りをしてくれることもあった。

ミヤコに注意され、アイは「ほんとだ、水色の服着てる」と目を丸くしてアクアを見ている。

斉藤社長も、経理の仕事をしながら「おいおい」と顔をしかめた。

「それでも母親かよ」

そんな小言も、アイにはノーダメージである。「まあどっちでもいっか！」と明るく肩を竦《すく》め、抱いたアクアの口に哺乳瓶を運ぼうとした。

「よし、アクアたん、ミルク飲みますよ～」

アクアはせっかくなので、アイの腕の中でもう少しグズりを継続してみることにした。なにしろ、グズればグズるほどアイが甘やかしてくれるのである。この甘やかしが、疲れた社会人の心に染み渡るのだ。

「どうした〜？　飲まないの〜？」

我が子に向けるアイの顔は、本当に楽しそうだった。その背後、テレビの中でも、ステージ衣装のアイがキラキラ笑顔で踊っている。

アクア・ルビーの誕生から一年ほどが過ぎた今、アイはすでに現役アイドルとして復帰している。表向きには体調不良での休養だったアイだが、復帰後は以前にも増してアクティブに活動していた。B小町《こまち》のCDの売り上げも、新曲が出るたびに過去最高記録を更新し続けているくらいだ。

子供とアイドル、そのどちらもが、アイにとっては大切なものなのだろう。

——星野アイは、欲張りなんだ。

前世で耳にしたそんな言葉が、アクアの胸に蘇《よみがえ》る。

本当に、アイはよくやっていると思う。同居している社長夫婦がなにかと世話を焼いてくれているということもあるが、それでも家庭と仕事をきちんと両立させているのは、素直に感心させられてしまう。

アイは『二児の母』と『アイドル』という二足の草鞋《わらじ》を履《は》き、あっという間にスターダムを駆け上がっていったのである。

2　アイ

あくる日、アイはMV《ミュージックビデオ》の撮影で丸一日駆り出されていた。

場所は植物園の撮影スペース。南国風の草木をバックに華やかなダンスを踊るというのが、今回のMVのコンセプトだった。身に着けた衣装も、今回はスポーティなデザインだ。動画の撮影というのは、ライブや音楽番組への出演とはまた違った難しさがある。監督のOKが出るまで、何度も何度もリテイクを繰り返さなければならないからだ。たった五分の動画を撮るために、数時間拘束《こうそく》されるというのもよくある話だった。

この日も、ダンスのシーンを撮り終えるだけで四時間ぶっ通しの作業になっていた。午前中からほぼ休みなく動き続けていたため、アイも全身くたくただった。

監督の「カット！　OK！」という終了指示が響く。ADがそれに続けて「OKでーす」と告げたとき、B小町の面々もスタッフも、揃《そろ》ってほっとしたような空気に包まれていた。

「それでは皆さん、本日以上になります！　お疲れ様でした！」

B小町一同、拍手と共に「ありがとうございました！」と頭を下げた。

アイの火照《ほて》った身体《からだ》には、大粒の汗が浮いている。うん、今日もだいぶ頑張った。

「カメラマンさん、写真撮ってー！」

メンバーのひとり、めいめいが、明るく手を振っている。

カメラマンも、「撮りましょう撮りましょう」と、乗り気のようだ。他のメンバーたちも、めいめいの周りに集まり、カメラの前でポーズを取り始めた。

アイはなんとなく、その輪に入るのは躊躇《ためら》われてしまった。自分が近くにいない方が、あの子たちもいい顔で写れるだろうから。

カメラマンが「はーい、撮りますよ」とファインダーを覗《のぞ》きこんだ。

「はー、可愛《かわい》いね。もう少し寄ってみましょうか」

めいめいたちはカメラマンの指示に従い、「はーい」と元気にポーズを決めていた。

外を見れば、すっかり夜になっていた。とりあえず早く帰ろう、とアイは思う。仕事はもう終わり。自分の出番はここまでだ。

アイはスタッフたちに「ありがとうございました」と丁寧に頭を下げ、ひとりでモニターセットの前を横切る。

もちろん、B小町の面々からはなんの返事もなかった。彼女たちは、まるでアイの存在など最初から目に入っていないように、カメラマンの前でポーズを取ることに専念している。

まあ、こういう扱いは予想の範疇《はんちゅう》ではある。

活動再開からこちら、アイに対するB小町内での風当たりはさらに強くなったように思う。一年のブランクを経《へ》て、なんの問題もなくセンターに返り咲いてしまったことが、あの子たちにとっては不満の種なのだろう。

こういうのは、我慢するしかない。昔みたいに、服を破かれたりするよりはマシだ。

そんなことを考えながら控室に戻ろうとしていると、ふと横合いから視線を感じた。

「B小町のアイにも、嘘《うそ》じゃない顔があるんだな」

呟《つぶや》いたのは、今回の映像監督だ。三十代で、ボサボサの髪が印象的な男性。たしか名前は、五反田泰志《ごたんだたいし》とか言っていただろうか。不思議とこの人の名前もすぐに覚えられた。

恥ずかしいところを見られてしまった気がする。

もっともこの五反田監督――カントクは、それ以上なにを言うでもなく、じっと自分のカメラの方を見つめていた。

いったいなんだったんだろう――。アイはとりあえず礼を述べて、控室に向かう。

　このカントクとの出会いが、自身のみならず子供たちの運命をも変えることになるとは、さすがのアイも、このときは気づいていなかったのである。

※

　少し前まで、仕事のあとは嫌な夢ばかりを見ていた。

　誰かに追いかけられる夢とか。高いところから落ちる夢とか。あとは、母親に殴られる夢とか。最悪の夢見だった。

　しかし不思議とこの頃は、楽しい夢を見ることが多くなっていたように思う。

　この日、アイが見ていたのは、大きくなったアクアやルビーと一緒に、三人で食卓を囲む夢だった。

　夢の中のふたりは、すごい美男美女に成長していた。それぞれ芸能人になって活躍しているのか、ふたりとも楽しそうに仕事の話をしていた。アイはそれを「へえ」「すごいね」と、頷《うなず》きながら脇で聞いていたのだ。

　できることなら、ずっと見ていたい夢だった。それを中断したのは、「おい、アイ」と自分を呼ぶ声。

アイは「んー……?」と唸《うな》りながら目をこすった。

寝惚《ねぼ》け眼《まなこ》で周りを見渡してみれば、そこは車の中だった。社長の車の後部座席だ。窓の外には、ビル街の明かりが流れていくのが見える。

どうやら仕事の帰りに、うたた寝をしてしまっていたらしい。

ハンドルを握る斉藤社長が、バックミラー越しにアイを見ていた。

「明後日《あさって》インのドラマ、台詞《せりふ》入ってんのか?」

「んー、まだ入ってない……。全然覚える時間なくて……。明日のスケジュールは?」

「えーっと……朝六時半に六本木《ろっぽんぎ》のスタジオ入りで、ソログラビアの撮影。その後雑誌の取材が四件。十七時半からバラエティーのコメント撮り。十九時、二十一時でラジオ収録。それから新曲のフリ入れだ」

明日もやることは盛りだくさん。気の遠くなるような仕事量だった。

とはいえ、自分ならきっとやり遂げられるはず。最強で無敵のアイドルは、弱音を吐いたりしないのだ。

「じゃあ移動中に覚えるよ……」

アイはそれだけ呟いて、再び眠りの世界に意識を委《ゆだ》ねることにした。もう一度さっきの夢の続きが見られたら、少しは疲れも紛《まぎ》れるかもしれない。

社長の「頼むぞ」という声が、夢うつつに聞こえてくる。

3　アクア

この日、ようやくアイが帰ってきたときには、すでに日が変わろうとしていた。玄関のドアが、カチャリと静かに閉まる音がする。

アクアはベビーベッドに横になりながら、ほっと安堵《あんど》の息をついた。最近アイの帰りが遅いから、つい心配になっていたのだった。身体を壊したりしていないだろうか、と。

一歳児としてはもう眠らなければいけない時間だというのはわかっているが、アイのファンとしてはそういうわけにもいかない。せめて顔を見るまでは起きていると、アクアはそう心に決めていたのだ。

アクアは隣のルビーに向け、「帰ってきたぞ」と、小声で呟いた。

だが、ルビーからの返事はない。もうすでに眠りの世界に誘われているようだった。やれやれ、と思う。この妹は、なんだかんだしっかり幼児ライフを満喫しているようだ。

見れば、自分たちを寝かしつけてくれていたミヤコも、アイのベッドにもたれかかり、うたた寝をしてしまっていた。

しっかり起きているのは、アクアだけということだ。

アイの気配が、部屋の戸口に現れた。

「ただいまー」

小声なのは、寝ているこちらを気遣っているからだろう。アイは足音を立てないよう、そっと部屋に入ってきた。

ミヤコも、アイが帰ってきたことに気づいたようだ。静かに上体を起こし、眠そうな顔で「おかえり」と告げる。

「子供たちは？」アイが尋《たず》ねた。

「よく眠ってる」

ミヤコが、アクアたちの方へと視線を向けた。アクアはとっさにまぶたを閉じ、寝息を立てているフリをする。こういう演技は、いまやお手のものだ。

ミヤコに「お風呂は？」と尋ねられ、アイは疲れた声で「んー、朝入る」と答えた。

ミヤコはアイを労《ねぎら》うように「そう、おやすみ」とベッドから立ち上がった。

「おやすみー」

今日のアイは、相当へとへとのようだ。上着を放るように脱ぎ捨て、そのまま空いたベッドへと突っ伏した。

寝息を立てるまで、ほんの五秒もかからない。

お疲れ様、アイ。

アクアは心の中でそう告げ、自分もまた大人しく睡眠欲に身を委ねた。

※

しかし、アクアの眠りはほどなくして中断されることになった。すぐ隣のベビーベッドから「ううう、うぇーん……」と泣き声が聞こえてきたのだ。

時計を見れば、もう深夜二時である。アクアはため息交じりに、「おい、ルビー」と顔をしかめた。

「静かにしろ、アイが起きちまう」

しかしそれでも、ルビーのグズりは止まらなかった。真っ赤な顔で、「あうう、あうう」と声を上げている。

結局、アイも目を覚ましてしまったようだ。横になったまま、懇願するような声で呟く。

「お願いだから寝かせてー……」

ルビーはさらに大きな声で泣き始めてしまった。まるで普通の赤子のように涙を流しながら、ぎゃあぎゃあと騒いでいる。

「どうしたルビー、おい、どうした……⁉」

アクアも小声でルビーに声をかけたのだが、どうにもならなかった。

アイもさすがに何事かと思ったのか、むくりと起き上がった。しんどそうな顔で、「どうしたの？」とルビーを両手で抱き上げる。

アイが、ルビーの背中をトントンと叩く。しかしルビーは、それでも一向に泣きやもうとはしなかった。

アクアはそんなルビーの姿を見て、ふと思い当たることがあった。

乳幼児の夜泣きは、健康不良を知らせるサイン。小児科の先生が、そんなことを言っていた気がする。

もしかしてルビー、どこか具合が悪いのではないだろうか。

4　アイ

アイは焦っていた。ルビーが夜泣きをするなんて初めてのことだ。これまで、こんなことは一度もなかったのに。

アイはルビーを抱き上げて、すぐにリビングに向かった。

最初はお腹《なか》が空《す》いているのかと思ったが、そういうわけでもなかったようだ。ミルクを与えてみても、全然飲まない。

おむつ交換でもダメだった。ルビーはまるで泣きやんでくれない。

「どうしたの？　お願いだから泣かないでよ～」

ギャン泣きするルビーを布団の上に乗せ、アイはとにかく一生懸命に手にしたガラガラを振っていた。こうすれば、ルビーの機嫌が直るのではないかと思ったのだ。

どうしてルビーが泣いているのか、まったくわからない。ミルク入りの哺乳瓶や新品のおむつを床に放り散らしたまま、アイはため息をつくことしかできなかった。

「一体何が気に入らないの～？　ママ全然わかんないよ～……」

ガラガラをいくら鳴らそうとも、ルビーに泣きやむ気配は見られなかった。「びえええ、びえええ」と大声で泣き叫び続けている。

「泣かないで～……。お願いだから静かにしてよぉ……」

一向に泣きやまないルビーをあやしながら、アイは途方に暮れた。

自分だって、すごく疲れているのに。自分の方が、泣きたいくらいなのに。

「静かにしてって言ってるでしょ!?」

気づけばアイは、手にしたガラガラを思い切り壁に叩きつけていた。ガシャン、と大きな音が鳴り、ルビーがビクリと身を強張《こわば》らせる。

そうしてルビーは、泣き顔をさらに歪ませた。火がついたように、「ぎゃああ、ぎゃああ！」と叫び始めてしまう。

アイは思わず、はっと我に返った。

脳裏に蘇るのは、母親に食事のお盆をひっくり返された日の思い出だ。理不尽に怒鳴られたあの日の恐怖は、胸の奥底に刻みこまれている。

いったい私はなにをやっているんだろう、とアイは思う。これじゃあ、母親《あのひと》と同じだ。自分の子供たちには絶対あんな思いはさせないと、心に決めたはずだったのに。

アイは慌《あわ》ててルビーを抱き上げた。

「ごめん……！　ごめんねルビー……！　ごめん……！」

嗚咽《おえつ》しながら、アイはその場にへたりこんだ。ルビーを守ってあげられるのは母親《じぶん》だけなのに、その母親に怒鳴られるなんて。これじゃあルビーが可哀想《かわいそう》だ。

そこに、「どうしたの？」と声をかけられた。

寝巻き姿のミヤコだ。心配そうな様子で近づいてくる。

もう深夜なのに、ミヤコに迷惑をかけたくはない。アイは、なんでもないと告げるように首を横に振ったのだが、それでミヤコが納得した様子はなかった。一歩近づき、ルビーの顔を覗きこんでくる。

「どしたのルビー、ん～？　どうしたの？」

ミヤコが手を伸ばし、アイからさっとルビーを取り上げた。ルビーの頬《ほお》に手を当てながら、眉間《みけん》に皺《しわ》を寄せている。

「……この子、熱あるんじゃない？」

アイは、はっとした。その発想には思い至らなかった。すぐさま立ち上がり、ルビーの額に手のひらを当てる。確かに、いつもよりも熱い。

「救急車……！　救急車呼ばなきゃ！」

慌てて携帯をつかむ。救急車って110だっけ、119だっけ――とアイが混乱していると、ミヤコの冷静な声が響いた。

「アイ、落ち着いて。体温計持ってきて」

アイは、素直に頷いた。今は、ミヤコの言う通りに動くのが一番のようだ。

やはりルビーの高熱は普通ではなく、すぐに救急病院へと連れて行くことになった。斉藤社長の対応も早かった。すぐにベッドから飛び起きて、車の準備をしてくれた。

ミヤコは、玄関先で靴を履き替えていた。その腕には、毛布にくるまれたルビーが抱かれている。相変わらず苦しそうな表情だ。

アイは、もどかしい思いで彼女たちの準備を見守ることしかできなかった。

ルビーのことは、斉藤夫妻が病院に連れて行ってくれるという。その間、アイは留守番を命じられてしまっていた。

「ねえ、やっぱり私も行く！」

アイはそう訴えたのだが、社長に「ダメだ」と一蹴《いっしゅう》されてしまった。

「お前が来ても状況は変わらん」

「でも！」

「ちゃんと連絡するから」困ったようにミヤコが告げた。「アクアのことお願いね」

そう言われてしまえば、アイは従うしかない。アクアの面倒を見るのも、大事なことではあるのだ。

慌ただしく玄関から出ていくふたりを、アイは無言で見送るほかなかった。

ルビーのためになにもしてやれない自分が、なんとも情けない。アイはひとり、重い足取りで寝室へと戻った。

ベビーベッドには、ぽつんとアクアが座りこんでいた。不安げな顔で、アイを見つめている。

アイはアクアに手を伸ばし、ぎゅっと抱きしめた。

その温《ぬく》もりに、思わず涙がこぼれる。

「神様……なんだってするから、ルビーを助けて……。あの子を守って……」

ひっく、ひっくとアイがしゃくりあげていると、アクアの小さな手が、アイの肩に触れた。まるでアイを優しく慰めてくれているかのようだ。

こんな小さな子が、自分を気遣ってくれるなんて。優しい熱を身体全体で感じる。アイの視界は、より一層にじんでいく。

それはきっと、これまでのアイの人生で、一度も与えられなかったもの。

アイはこのとき、ようやく気づいた。

アクアにルビー――子供たちが、自分よりもずっと大切な存在となっていたことに。

※

幸いなことに、ルビーの発熱はすぐに治まった。

結局、ちょっとした風邪だったようだ。あの夜、すぐに病院に連れて行ってもらえたことがよかったのだろう。少しの入院は必要だったものの、その後ルビーはけろりとした表情で家に戻ってきたのだった。

アイが心の底から安堵したのは、言うまでもない。

「ルビーちゃ〜ん」

アイは家庭用のハンディーカムを片手に、ルビーの寝顔を撮影していた。ルビーはアクアと並んで、ベビーベッドですやすやと可愛らしい寝息を立てている。

あの夜から、数日が経《た》っている。もろもろの仕事に片がつき、今日はアイにとって久しぶりの休日《オフ》だった。そのオフを、こうして家族との時間に使っている。

ルビーの寝顔は、とても安らかなものだった。まるで、あの夜の発熱が嘘のようだ。

アイはほっと胸を撫《な》でおろしながら、ハンディーカムの液晶を見つめていた。

「元気になって、無事おうちに帰ってきました〜。よく眠ってるね〜。アクアくんも、よく眠ってま〜す」

アイは、カメラのレンズをくるりと自分の方に向け、液晶モニターもひっくり返した。モニターには、自分の顔が映っている。カメラ写りはばっちり。思わず「ふふふ」と笑みをこぼした。

「やっぱ、こういうの残しておくのもいいかなーと思ってね」

いつか子供たちが大きくなったら、この動画を一緒に観よう。十年後か、二十年後か……。大きくなったアクアとルビーは、赤ちゃんだった自分たちの姿を見て、なんて言うだろうか。

その日が来ることを思うと、今からワクワクしてしまう。

「まあなんにせよさ、元気に育ってください。母の願いとしては、それだけだよ」

アイはカメラを置き、眠る子供たちに目を向けた。ふたりは相変わらず、すやすやと気持ちよさそうな寝息を立てている。

本当は、『愛してる』とでも言うべきだったのだろうか。

そもそもアイはまだ、子供たちに『愛してる』と言ったことがなかったのだ。

なにしろ、アイは今まで、ステージ上でしかその言葉を口にした経験はない。いつか本当になると信じて、嘘をついているだけなのだ。

愛を知らないアイには、自分が口にする『愛してる』が、心からの言葉だと言い切ることに自信がない。

子供たちに向けてその言葉を口にしたとき、もしそれが嘘だと気づいてしまったら――。

そう思うと、どうしても口に出せなかったのである。

5　アクア

ラグジュアリーなエントランスを抜け、高層マンションの上階へ。重厚なデザインの玄関の扉を開けると、そこは別世界だった。

大理石の床は丁寧に磨き上げられ、シャンデリアの光が反射してキラキラと輝いている。リビングの中央に鎮座しているのは、高級そうな革張りのソファーだ。シンプルながら、シックで落ち着いた雰囲気が、実にアクア好みである。

大きな窓ガラスからは、都心のビル街を一望できる。眺めも最高だった。

「すごおおおおおおおおい！」

ルビーはまるで本物の子供のように、全身を使って興奮を表現していた。アイも「広ーい」と感心した様子で周囲をきょろきょろと見回している。

ルビーはまっさきに窓に駆け寄り、シティービューを満喫していた。

「高ーい！　車が小っちゃい！」

アイもルビーの横に並び、「ほんとだね」と笑みを返す。

今日は引っ越しに向けてのマンションの下見。この部屋は住むには悪くない場所だ、とアクアも思う。

「都心の一等地で百二十平米の駅近《えきちか》物件か……。住民の民度も問題なさそうだな」

そんなことを玄関先で呟いていると、後ろからミヤコに怪訝《けげん》な目を向けられてしまった。

「あんた、どこでそんな言葉覚えるの……?」

アクアもルビーも、もう五歳。人前で流暢《りゅうちょう》に話しても、「ちょっとマセた子」くらいにしか思われない年齢になっていた。時の経つのは早いものだ。

このところ、アイの仕事は絶好調だった。B小町としての活動だけでなく、ソロでの女優業、モデル業も大成功を収めている。SNSのフォロワーも今や百万人超え。テレビをつければアイが映らない日はない、というくらいの活躍を見せていた。いちファンとしても息子としても、実に鼻が高い。

アイは嬉《うれ》しそうな表情で、斉藤社長に目を向けた。

「ねえ社長、こんな立派なおうち、借りちゃって大丈夫?」

「ん、まあ、お祝いだからな」

斉藤社長が、思わせぶりに腕を組んだ。

アイが「なんの?」と問うと、社長は、「ふふん」と含み笑いをしつつ答えた。

「B小町の、東京ドーム公演が決まった!」

アクアとルビーは、「えええええええええええ!?」と絶叫した。

ついに……ついにこの日がやってきたのだ。アクアは、全身に鳥肌が立つ感覚を覚えていた。

アイドルにとって、ドーム公演とはある種の到達点を意味する。誰しもがここに至れるわけではない。ドームに立てるのは、ほんの一握りだけだ。

それは、たゆまぬ努力と稀有《けう》な才能、そして熱いファンたちの応援を得られたアイドルだけが成し遂げられる歴史的快挙なのである。

アクアにとっては感無量だった。前世のゴロー時代を含め、アイは八年近く推してきたアイドルなのだ。それが今、到達点を迎えようとしている。こんなに嬉しいことはない。

アクアはルビーと顔を合わせて、「すごー!」「やば!」と連呼していた。あまりの衝撃に、精神年齢がリアル五歳児並みになってしまうのもやむなしだろう。

もっとも、アイ当人にはそれほど驚いた様子はなかった。どこか他人事《ひとごと》のような顔で、「そうなんだぁ」と、新居の内装をきょろきょろ見回していた。

「お前もっと驚くとかさぁ、喜ぶとかあるだろ!?」

社長に苦言を呈《てい》され、アイは「ごめん」と苦笑した。

「今はドーム公演より、私たち家族のおうちが出来たことの方が嬉しくって」

そんなアイの素直な言葉に、アクアは胸が温かくなるのを感じた。アイは、自分たちのことをとても大事に想ってくれている。

ルビーはいつの間にか、階段を駆け上がっていた。踊り場からリビングを見下ろし、「ねえママ！」とアイに笑みを向けた。

「二階もすごい広いよ！」

アイが「ホント?」とルビーを見上げた。「うん、行く！」

それを見ていたミヤコが、「アクアも行っといで」と、アクアの背を叩いた。

頷くアクアの手を、アイがぎゅっと握った。柔らかい手の感触。その昔、握手会で触れたアイの手とは、違う温かさを感じる。

かつての自分《ゴロー》は母親の顔を知らなかった。つまり母親のこんな嬉しそうな表情を見るのは、初めての経験になる。

斉藤社長もミヤコと見つめ合い、優しい笑みを浮かべていた。

ずっとこの幸せが続けばいいのに、とアクアは思った。だからこの日のアクアは、アイに撫でまわされても抱きしめられても、嫌な顔ひとつせずに付き合ったのである。

6　カントク

映像監督、五反田泰志にはある信念があった。

本物を撮る。観る者の心を揺さぶるような、生々しい感情を描く作品を作る——五反田は、そんな考えのもと、学生の頃からカメラを回してきた。

三十代半ばにして、世に出してきた映画やドラマのタイトルは今や二十を超える。それらはいずれも低予算で小規模ながら、そこそこの評価を生み出してきていた。

自分の作品がキャッチーな〝売れ筋〟でないことはわかっている。視聴者に「暗い」とか「重い」とか「社会派気取り」とか言われて敬遠されることさえある。

だが五反田は、それも自分の持ち味だと思っていた。少しでもわかってくれる人がいればそれでいい。チャラついたメジャー志向は自分の出る幕ではない。

しかしそんな五反田は今、岐路《きろ》に立たされていた。

「ドキュメンタリー？」

先方の提案を受け、五反田は眉をひそめた。

五反田を呼んだのは、苺プロダクションの斉藤社長だった。苺プロといえば、今をときめくアイドル、B小町の所属する事務所だ。

なんでも斉藤社長は、どうしても五反田に頼みたいことがあるらしい。

「うん。ドーム公演までの、B小町の記録を残してほしい」

社長から、企画書を示される。その見出しには『ドキュメンタリー・オブ・B小町　～彼女たちが向かう場所～』というタイトルが書かれていた。

五反田は煙草《たばこ》を灰皿に押しつけ、眉をひそめた。

この苺プロとは、五反田もそれなりに付き合いがある。B小町のセンター、アイをドラマ出演させたのが少し前。それをキッカケに、CMやMVの撮影など、何度か彼女たちと仕事をしたことがあった。

もちろんそれらすべての仕事が、五反田にとってやり甲斐《がい》を感じていたというわけでもなかった。アイドルを撮るということは、すなわちフィクション性の強い作品を撮ることを意味する。

先日五反田が撮った某グループのMVの仕事も、ある意味苦行だった。ギスギスの絶えないアイドルたちを、純粋無垢《むく》のラッピングで飾る。視聴者《ファン》たちに「みんな仲良し」と印象づけるために。

そのとき五反田の映像編集に求められたのは、そういう方向性の技術だったのである。

アイドルは嘘をつく仕事だ。そしてそれを撮る側にも、一定レベル以上の嘘をつくことが求められる。それは、もちろん理解している。

しかしやはり、それは自分の創作信念と相反するのは否《いな》めない。その仕事を引き受けたのは、あくまでギャラのため。本当にやりたい仕事のために、やりたくない仕事をしぶしぶやらなければならないのは、クリエイターの哀《かな》しいところである。

だから今回提案されたB小町のドキュメンタリーも、五反田にとっては正直「やりたくない仕事」に思えてならなかった。どうせ熱心なファン向けに、可愛く飾り立てたアイドルの姿を見せるとか、そういう類《たぐい》のものだろう、と。

五反田は、斉藤社長に尋ねた。

「俺がですか？」

これが本当に、俺に任せるにふさわしい仕事だと思っているんですか——と。

「アイの強い希望だ」斉藤社長が真剣な表情で言う。「嘘のない、監督の人柄に惹《ひ》かれたんだと」

五反田にとって、それは意外な評価だった。

なにしろあのアイという少女は、嘘つき中の嘘つきなのだ。場所や公私を問わず、息をするように相手の望む演技をこなせるタイプ。女優としても、ある意味天才だと思っている。五反田とは、真逆のスタンスで業界に携《たずさ》わっている人間とも言える。

　そのアイが、嘘のない五反田を、そんなに高く買っていたなんて。

　ふと、この間の撮影のときの出来事が頭の中に蘇る。仲間たちに無視され、落ちこんでいたアイの顔。若手ナンバーワンの嘘つき《アイドル》が見せた、一瞬の本音。

　ああいうのを撮っていいというなら、まあ、話は別だ。

※

　さっそくその日から、ドキュメンタリーの撮影は始まった。

　ボーカルのレッスンに、ダンスの振り付け合わせ。カメラのレンズが、スタジオで汗を流すB小町の面々を捉《とら》えていた。

　休憩時間にも、カメラは回している。夕陽《ゆうひ》の当たるレッスン室で、B小町のメンバーはホワイトボードに落書きをしながら、キャピキャピと楽しげに騒いでいる。

　メンバーのひとり、ニノという子が、落書きのネコを見ながら「可愛い！」と笑っていた。

「ちょっと、ありぴゃんに似てるよね」

それに「似てるー」と相づちを打ったのは、きゅんぱんだ。

こうして見ると、どの子もアイドルというよりは、どこにでもいる普通の少女だ——と五反田は思う。まるで学校の放課後、授業から解放された女子学生たちの姿を見ているようだった。

たったひとり、メンバーたちの輪から外れたところに立つ少女を除いては。

「ったく、ドキュメント撮るなんて、学生ぶりだっつーの……」

五反田が、カメラをアイの方に向ける。

アイは仲間たちとは離れ、ぽつんとひとりでストレッチを行っていた。ただ黙々と腕を伸ばしたり、膝《ひざ》を曲げたりしている。なにを考えているのかわからない、不思議な表情だ。

五反田はパイプ椅子《いす》を広げ、アイを呼んだ。

「ここ座って」

アイは頷き、五反田の方にやってきた。促《うなが》されるまま、素直にカメラの前に座る。

五反田は、カメラを操作し、アイの顔にピントを合わせる。

「いいか？　いつもの調子で嘘で塗り固めた姿しか見せないなら、カメラを止める。俺は本物を撮りたいからな」

「嘘のない私を撮っても、きっと使えないよ？」

アイは、自嘲《じちょう》気味に笑ってみせた。テレビや雑誌で見るのと同じ、嘘たっぷりの笑顔で。

五反田は、そんなアイにただ無言でカメラを向ける。

するとアイは、「それでもいいなら」と表情から嘘の笑みを消した。きらきらと輝く大きな目で、まっすぐにレンズを見つめている。

「本当の私を、撮ってください」

五反田は、カメラを覗きこみながら、ごくりと息をのんだ。

なるほど、この子はこういう顔もできるのか。普段の笑顔の百倍は魅力的だと思う。

これは、存外いい作品になるかもしれない。

7　アイ

ドキュメンタリー撮影の合間に、アイはスタジオの外廊下に出ていた。

ここには古い公衆電話が一台設置されているきりで、普段あまり人は訪れない。内緒の電話をするには都合のいい場所なのだ。

「久しぶり、元気だった？　……そう、ドーム公演決まったよ。……うん。子供たちも結構大きくなった」

アクアもルビーも、アイが驚くくらいにお利口な子たちだ。自分たちの父親について、あれこれと憶測を重ねているのも知っている。

五歳になったこの子たちの姿を見たら、〝彼〟は――この子たちの父親は、どう思うだろう。

「ねえ、一度会ってみない？」

アイは周囲を警戒しつつ、電話口の相手に告げた。

一応、斉藤社長には「父親に会おうとするなよ」と釘を刺されている。スキャンダルを心配してくれているのだ。

アイもそのときは了承したフリをしたが、やはり、心残りはある。

「……うん。もうすぐ引っ越し。ん？　新しい住所はね――」

アイがあの子たちを見て感じている想いを、できれば〝彼〟にも知ってほしい。それはきっと、〝彼〟にとってもいいことだと思うから。

しかし、このときのアイは気づいていなかった。その優しさが、暗い未来を招いてしまうということを。

※

それから日々は瞬《またた》く間に過ぎてゆき、ついに東京ドーム公演の前日となった。

アイは他のＢ小町メンバーと共に社長の運転するバンに乗り、東京ドームへと向かっていた。今日は現地でリハーサルをこなす予定だ。

車の窓から、繁華街の街頭ビジョンが見える。Ｂ小町のダンス映像と共に、ドーム公演の告知が流れていた。

このくらいの大規模イベントともなれば、かなり世間も沸き立つものである。車のスピーカーから流れるＦＭラジオでも、Ｂ小町の楽曲がひっきりなしに流れていた。

『――Ｂ小町で、〝我ら完全無敵のアイドル!!〟でした！　明日は、彼女たちにとって初となる東京ドーム公演です！　楽しみですね～！』

ＤＪの陽気なトークが、バンの中に響く。

『ボクも頑張ってチケット取っちゃいました！』

アイがラジオに耳を傾けているうちに、現地に到着していた。地下駐車場にバンが止まり、待機していた公演スタッフたちが並んで出迎える。

「メンバー入られまーす」

さすがは、日本一のイベント会場《ハコ》である。スタッフたちも、かなり気合いの入った様子であることが窺《うかが》える。

メンバーも、「おはようございます」「頑張りまーす」と意気揚々と車から降りていく。みんな楽しそうに、わいわい笑い合っている。

アイは、彼女たちから一歩遅れてバンを降りた。仲間たちの輪の中には相変わらず入れないけれど、いまさらそんなことは気にしない。笑顔の仮面は、ステージの上で被ればいい。

ふと入り口の自動ドア脇を見れば、五反田監督の姿があった。真剣な表情でカメラを回している。この映像も、例のドキュメンタリーに使うのだろう。

「お願いします、リハ行ってきま～す」

アイはカメラに手を振り、楽屋への通路を進んだ。

カントクの顔を見たところで、アイには「あ」と思いついたことがあった。どうせなら、アレも監督に預かっておいてもらうことにしよう。

リハーサルが始まる少し前、アイは楽屋を出た。

カントクは、廊下の端っこにいた。ひとり黙々と、カメラのSDカードを入れ替えている。

「カントク！」

アイが声をかけると、カントクは不思議そうに顔を上げた。

アイは「これ預かっといて！」と、自分の鞄《かばん》から例のアレを取り出した。

大きめの封筒が二通。ここしばらく仕事の合間を縫って、アイが準備したものだった。

封筒の宛名書きには、それぞれ、「お兄ちゃんへ」「ルビーへ」と書いておいた。十八歳になるまであけちゃダメ、というメッセージ付きで。

封筒を受け取り、カントクは怪訝な様子で首を傾《かし》げている。

「なんだこれ？」

「ビデオレター！　アクアとルビーが十八歳になったら渡してほしいの！」

「そんなもん自分で渡しゃいいだろ」

「だって、私が持ってたら絶対なくすもん」

アイが答えると、カントクは一瞬、呆気《あっけ》に取られたように口を半開きにした。そのまま考えるような顔をして数秒。「確かに」と納得したように頷く。

「お前、頭いいな？」

褒められているのか馬鹿《ばか》にされているのかよくわからないが、とりあえずアイは、えへん、と胸を張っておくことにする。

と、そこで公演スタッフが「リハーサル十五分前でーす」とアイに声をかけてきた。あまり長話をしているわけにもいかない。

待機場所に向かいながら、アイは「あ、言っとくけど」とカントクに向かって指さした。

「カントクは絶対絶対絶対絶対！　中身見ちゃダメだからね！」

釘を刺すようにニッコリ笑って、アイはその場を離れた。

背後を見れば、まだカントクが不思議そうに首を捻《ひね》っている。その困った様子が、なんだか面白い。

※

リハーサルは無事に終わり、アイが帰宅したのは夜も遅くなってからのことだった。

アクアとルビーは、ベッドで仲良く並んで眠っている。きっと明日は、ふたりも客席からアイのことを応援してくれるのだろう。

子供たちの毛布を掛け直しながら、アイは微笑《ほほえ》みを浮かべた。

「いつか、言えるといいな……」

そしてあくる日。運命の日の朝は、カラリと晴れていた。

絶好のドーム公演日和《びより》だ。

スマホのアラームでバッチリ目覚め、体調は万全。すやすや眠るアクアとルビーを横目に、アイは身支度を整える。

SNSでの告知も、抜かりなくやっておくのがプロのアイドルだ。『みんなおはよー！今日のドーム、楽しみ～』と絵文字付きで呟いておく。反応は思った以上に上々だ。瞬く間に「いいね」が激増し、アイの呟きがネットじゅうに拡散されていく。

きっとファンのみんなも、今日の公演を楽しみにしてくれているということだろう。アイのテンションも、徐々に高まっていた。

ピンポーン、と玄関のインターホンが鳴ったのは、そのときだった。

「ミヤコさんかな……？」

アイは「はーい」とドアを開けた。

ドアの外に立っていたのは、見慣れぬパーカー姿の青年だった。

「ドーム公演おめでとう」

ぼそぼそと、暗い雰囲気の声だった。目深《まぶか》に被ったフードで、顔はよく見えない。

青年は、手に白い花束を抱えていた。公演おめでとう、というからには、アイのファンなのだろうか。でもどうしてこの家の住所を知っているのだろう。

アイが訝《いぶか》しんでいると、青年はさらに驚くべき言葉を続けた。

「双子は元気？」

え、とアイが聞き返そうとしたそのときだ。

青年が持つ花束の陰《かげ》から、ちらりと刃物の煌《きら》めきが見えた。刃渡り二十センチほどの出刃包丁だ。青年は包丁を構え、まっすぐにそれをアイに向けて突き出した。

危ない、と思う間もなかった。気づいたときには、お腹に「とん」と軽い衝撃を感じていた。あまりにも静かで、一瞬、なにをされたのかわからなかった。

そういえば前にサスペンスドラマに出たとき、こういうシーンを見たっけ――アイはぼんやりと、そんなことを考えていた。そのくらい、現実味がない状況だったのだ。

白い花びらが、ひらひらとあたりに舞う。

自分のお腹を見下ろしてみれば、包丁が深々と突き刺さっていた。

お腹が、燃えるように熱い。あ、これはマズイ、と気づいたのはそのときだ。どくどく、どくどくと血が噴き出しているのを感じる。

はあ、はあと、熱い息が漏《も》れる。アイは思わず、握っていたスマホを取り落としてしまった。

「アイ……？」

背後で、リビングの扉が開く音がした。

アクアが不安そうな顔で、アイの方に近づいてくる。

「来ちゃダメ……！」

アクアは状況を悟ったようだ。真っ青な顔で、アイの方に駆け寄ろうとしている。

「だめ、アクア……！」

アイはよろけつつも、必死でアクアを制止した。

刺された痛みと熱さで、今にも意識が飛びそうだ。それでもアクアを危険な目に遭《あ》わせるわけにはいかない。母親として、なんとか守らなければ。

フードの青年にとっては、アイが子供を庇《かば》ったのが癇《かん》に障《さわ》ったのかもしれない。握った包丁に、さらにぎりぎりと強く力をこめているのがわかる。

「痛いかよ……！　俺はもっと痛かったんだよ！」

青年のフードが外れ、その顔が露《あらわ》になる。どこか気弱で、神経質そうな顔。その顔は今、激しい憎悪に歪んでいる。

この青年の顔はアイもよく知っていた。まだB小町が地下アイドルとして活動していた頃、何度か握手会で見たことがあったからだ。

たしか名前は、リョースケ君だっただろうか。いつか、握手会で星の砂をお土産《みやげ》にくれたのを覚えている。

人の名前を覚えるのは苦手なアイでも、なるべくファンの顔と名前は覚えるように努力してきたつもりだった。それが、ファンを愛するための第一歩だと思ったから。

そのリョースケ君の顔を見て、アクアは目を見開いていた。

「お前、あの時の……！」

アクアとこの青年の間に、以前なにかがあったのだろうか。アクアはまるで長年の敵《かたき》でも見つけたように、激しい怒りを露にしてみせた。

しかし、それも一瞬のこと。アクアは床に転がったスマホを拾い上げ、すぐに操作を始めた。

「きゅ……救急車！」

そんなアクアの姿を見下ろし、リョースケ君が「ちっ」と舌打ちする。

「アイドルのくせに子供作りやがって……！　ファンのことバカにしやがって！　裏ではずっと笑ってたんだよなあっ！　この嘘つきがあっ！」

リョースケ君が、包丁をさらに強くアイの身体にねじこんでくる。内臓がぐちゃぐちゃにされるような痛みに、どうにかなってしまいそうだ。

アクアはスマホを耳に当て、「もしもし！　救急車一台お願いします！」と叫んでいた。

一方、リョースケ君は血走った目で、思うさま叫び続けていた。

「散々『好き』だの『愛してる』だの言ってたくせに！　全部嘘じゃねえか！」

ああ──とアイは思う。どうして彼が怒っているのか、ようやくわかった気がする。

彼はきっと、愛されたかったのだ。アイの気持ちが自分に向いていないと思ったから、妬《ねた》んでしまったのだ。

わかんないよ、愛なんて──。

アイは、笑みを浮かべるしかなかった。いつもステージの上でそうしてきたように、痛みと苦しみに耐えながら、必死に嘘の仮面を作ってみせる。

自分なんてもともと無責任で、どうしようもない人間で、人を愛するなんてよくわからない。

それでも、誰かに愛されたことがなくても、誰かを愛してみたくて。

だから、嘘をつくしかなかった。

「私にとって、嘘は愛……」

いつか心の底から『愛してる』って言ってみたくて。アイは綺麗《きれい》な嘘をつき続けた。

ファンたちに向けて、「みんな愛してるよー！」と、何度も何度も叫んだのだ。ステージの上でも、カメラの前でも、いつだって全力で、嘘をつき続けてきた。

その嘘が、いつか本当になることを信じて。

アイは痛みをこらえ、リョースケ君に精一杯の笑みを向けた。今この瞬間だって、彼のことを愛したいと思っているから。

そんなアイの想いが、彼に伝わったのかどうかはわからない。リョースケ君は突然、「うわあああああああっ！」と気が触れたような叫び声をあげた。そのまま包丁を放り捨て、逃げるように走り去っていく。

よかった、と思う。アクアのことを、守ることができた。

それで、つい気が抜けたのかもしれない。アイはリビングの扉に寄りかかるように、その場に崩れ落ちてしまった。

アクアが血相を変えて、「アイ！」と叫んでいた。

アイは刺されたお腹を押さえつつ、「痛ったぁ……」と呟いた。立ち上がる気力はもうない。お腹からは、とめどなく血が溢《あふ》れ続けている。

不思議だなあ、と思う。血は生温かいのに、どうして寒気がするのだろう。

ふとアイの頭の中に、ひとりの少年の顔がよぎった。

劇団ララライのワークショップで出会ったあの少年。アイは彼に出会って、アクアとルビーを――自分の家族を手に入れた。

あの出会いも、自分にとっては必要なものだったのだろう。

アクアの小さな手が、アイのお腹に添えられていた。優しい感触。アクアは手が真っ赤に染まるのもいとわず、必死にアイの出血を食い止めようとしている。

「ごめんね、アクア……」

アイは、震える手でアクアの肩に手を伸ばした。なけなしの力を振り絞って、その身体をぎゅっと強く抱きしめる。

「これ……多分、ダメなやつだあ……」

アクアはなにも応えない。真っ青な顔で、アイのお腹を懸命に押さえていた。

しかし、もうなにをしても手遅れなのだ。それは、アイが一番よくわかっていた。一秒ごとに、身体が冷たくなっていくのがわかる。

きっと、今日のドーム公演は中止になってしまうのだろう。社長やファンたちに迷惑をかけてしまうことを思うと、申し訳なくなってしまう。

「カントクに、謝っといて……。ドキュメンタリー、ダメになっちゃうだろうから……」

「そんなのどうでもいい！」

アクアは半分泣くような声色《こわいろ》で、叫んだ。

残念だなあ、と、アイは思う。この子たちの大きくなっていく姿が見られないなんて。アクアもルビーも才能に溢れた子だ。少し前のアクアのドラマ出演は評判もよかったし、ルビーのお遊戯会のダンスも素晴らしかった。

いつか芸能界に入っても、十分にやっていける子たちだ。もしかしたら将来、アクアは俳優になるかもしれないし、ルビーはアイドルになるかもしれない。一緒に親子共演なんてできたら、最高だったのにと思う。

そういう未来を思い描けるだけでも、母親としては幸せなことなのだろう。ふたりを産んでよかった。心底そう思っている。

「ママね……アイドルとしての幸せも……母としての幸せも、両方手に入れたんだ……」

ふっと笑みを浮かべるアイの後ろから、ルビーの声が聞こえてきた。

「ねえママ……アクア？　そっちでなにが起きてるの？」

心配げな声色だ。ルビーもまた、不穏な空気を察知して目を覚ましてしまったのかもしれない。リビングのドアの磨《す》りガラス越しに、ルビーのシルエットが見える。

「来るな、ルビー」

アクアがドアに向かって告げた。お兄ちゃんなりに、妹にショッキングな光景を見せまいとしているのだ。自分が泣きそうなのを、必死に我慢して。

まだ五歳なのに、本当にアクアはしっかりしている。母としては誇らしいことだった。きっとこの子なら、自分がいなくてもルビーを守ってくれるだろう。

つい「ごほっ」と、大きく咳《せ》き込んでしまった。吐き出した血が口からこぼれ、床を真っ赤に染めあげる。

ルビーが磨りガラスの向こうで、「ママぁ！」と、悲痛な声を上げた。

背筋が、凍えるように寒い。自分の身体の中にある火が、消えかけているかのようだった。アイに残された時間は、あともうわずかだということだろう。

「あぁ……これだけは言わなきゃ」

胸に抱いたアクアと、扉の裏にいるルビーに、アイは優しく告げる。

「アクア……ルビー……。愛してる……」

ずっと言えなかった言葉。口に出したら嘘だと思えてしまうんじゃないかと、不安だったその言葉。しかし、その心配は不要だったようだ。

長年心につっかえていたものが、ようやく消えた感覚だった。アイは、「ああ、やっと言えた……」と涙をこぼした。

「ごめんね、言うのにこんなに時間がかかっちゃって……。この言葉だけは……絶対に、嘘じゃない……」

アクアがアイの顔を、必死で見つめている。

ルビーのすすり泣く声が、ドアの向こうから聞こえてくる。

「こんなに、『死にたくない』と思う日が来るなんてなぁ……」

そう思うのはきっと、今の自分が幸せだからなのだろう。愛を知らなかった自分が、アクアとルビーを愛せたことを、心の底から誇りに思っていた。

「全部、アイツの——」

アクアが「アイ⁉」と声を裏返らせる。しかしアイはもう、それ以上言葉を続けることができなくなってしまっていた。

アクアとルビーが「うあああああああああっ！」と泣き叫ぶ。

どうかこの子たちが、立派な大人になりますように。

それが、アイの心からの、そして最後の願いだった。

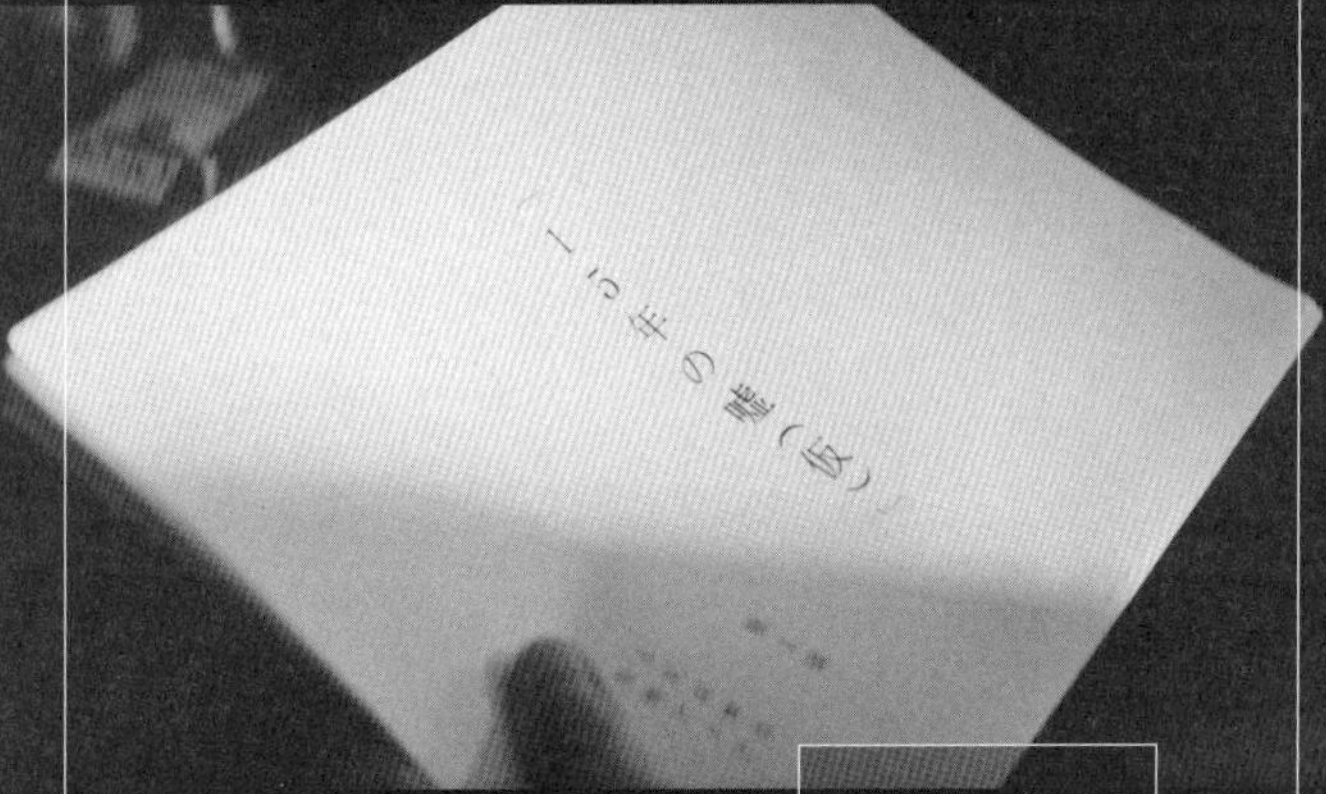

三章

1　アクア

『この前、あなたたちのお父さんに会ったの』

　ビデオレターのアイは、見覚えのあるベッドにゆったりと腰かけていた。背景を見るに、斉藤《さいとう》社長の家の寝室らしい。アイと共に、社長宅に世話になっていた頃の映像のようだ。

　今では星野《ほしの》アクアも十八歳だ。映像の中のアイと、ほぼ変わらない年齢である。

　雨宮《あまみや》ゴロー時代、最初に病院で顔を合わせたときは、アイは年下の女の子だった。それが星野アクアとして生まれたときには母親という年上の存在として認識することになり、今ではほとんど歳《とし》の変わらない女性としてビデオレターで対面している。

　なんだか不思議な感覚だった。考えれば考えるほど、ややこしくなる。

　アイは化粧っ気のないすっぴん顔に、お気に入りの部屋着を身に着けていた。

　その笑顔も、ステージ用に飾り立てたものではない。幼き日のアクアの記憶に焼き付いていた優しい笑顔と、まったく変わらないものだった。

『大人になったアクアには、話しておこうと思うんだ……。あなたたちの、お父さんのこと』

宝石のようにキラキラと輝くアイの瞳は、カメラのレンズと十二年の時を超えて、アクアをまっすぐに見つめていた。

※

国民的アイドルグループB小町《こまち》・アイ、ストーカーにより殺害される。容疑者の男性は自死。

そんなセンセーショナルなニュースが日本中を駆け巡ったのは、今から十二年も前のことだった。

人気絶頂のアイドルが、無残な死を遂げたのだ。アイの死を悼《いた》む声もあれば、勝手な憶測で騒ぎ立てる者、アイの死を利用して売名行為を行う者もいた。ニュースが出回った当時、ネットでは大きな盛り上がりを見せていたのである。

しかし結局、そんなものは一過性の祭りにすぎなかった。昔から「人の噂《うわさ》も七十五日」とはいうが、現代の情報化社会においては、七十五日も必要ない。SNSのトレンドなんて、たった数日で変わってしまうものなのだから。

アイが凄惨《せいさん》な死を遂げたことなど、今では覚えている者はほとんどいないだろう。当時のB小町も、アイの死をきっかけに人気が凋落《ちょうらく》、あの二年後に解散の憂《う》き目に遭《あ》っている。人々の記憶の中では、B小町もあの事件も、完全に風化してしまっていた。

しかし、星野アクアだけは別だった。

あの日、次第に冷たくなっていくアイの身体《からだ》の温《ぬく》もりを、アクアは今でも鮮明に覚えている。アイは、アクアにとっては前世から推し続けていたアイドルであり、今世においては自分の母親なのである。

あの事件の日、アイが最後に言いかけた言葉を、アクアは忘れていない。

――全部アイツのせいだ。

〝アイツ〟とはいったい誰なのか。アイがあんな目に遭ってしまったのは、その〝アイツ〟のせいなのか。

幼き日のアクアは、真剣に頭を捻《ひね》った。

高千穂《たかちほ》の病院に現れたパーカー男――妊娠中のアイを訪ねてきたストーカーと、アイを殺したあの犯人は、同一人物だった。

あの男は、どうしてアイが出産のために入院していた病院を知っていたのか。そして、どうしてアイが引っ越したばかりの新居の住所を知っていたのか。

その答えは簡単だ。あのストーカー男に、情報を提供した人物がいる。

生前のアイはよく、人目を忍んで電話をかけていた。アクアもそれは覚えている。いつかアイは電話口で、新居の住所を電話相手に告げていたことがあったのだ。

相手はおそらく、自分たちの父親だったのだろう。

それこそが、〝アイツ〟の正体だ。父親は、アイから得た個人情報を、あのストーカーに渡していたのである。

その事実に思い至って以降、アクアは自分の人生のほぼすべてを父親探しに費《つい》やしてきた。アイを死に追いやった憎むべき敵を、自《みずか》らの手で死に至らしめるために。

〝復讐《ふくしゅう》〟――あの事件以来、アクアが胸に抱いているのは、その二文字だった。

そのためにアクアは、芸能界へと飛びこんだ。アイの交友関係から、父親が芸能関係の人物であると当たりをつけたのだ。

真っ当ではない動機で芸能界に飛びこんだことは、アクア自身も自覚している。双子の妹であるルビーが、母《アイ》のようなアイドルを目指して芸能界に入ったのとは、真逆の方向性だった。

――絶対ママみたいなアイドルになるの！

母親譲りのまっすぐな目で、ルビーはそう告げた。

苺《いちご》プロの後押しを受けたルビーは、元子役女優の有馬《ありま》かな、大人気インフルエンサーの

ＭＥＭ《メム》を率いて、かつてのＢ小町を復活させたのである。

――新生Ｂ小町、爆誕だね！

そうしてルビーが夢に向かって突き進んでいる陰《かげ》で、アクアは憎むべき敵を見つけ出すために芸能界を渡り歩いていた。

目的のためならなんでも利用する。恋人だった黒川《くろかわ》あかねすら、アクアは敵を見つけ出すための道具として利用した。

アクアの選んだ道は、決して生半可な道のりではなかった。だが、途中で諦《あきら》めることはできない。なにを犠牲にしても必ず復讐を遂げると誓ったのだから。

そして十八歳となったアクアは、ついに父親の正体を知るに至った。

復讐劇は佳境を迎え、アクアの最後の行動が始まる。

自分たちからアイを奪ったあの男に、最大級の苦しみを味わわせてやるために。

※

『――続いてのニュースです。十二年前に起こった、アイドルグループ、Ｂ小町のアイさんの殺害事件に関して、新たな事実が発覚しました』

　昼のワイドショーのキャスターが、興奮を抑えたような声色《こわいろ》でニュースを読み上げていた。

　画面下部には、『伝説のアイドル、B小町・アイの実子が激白』の文字が流れている。

先日アクアが雑誌記者に持ちこんだネタが、特ダネとして報道されているのだ。

『本日発売された週刊芸能実話によりますと、十二年前に起きたアイさん殺害事件は、アイさんに双子の子供がいることを知ったファンが激昂《げきこう》して引き起こしたものであって——』

　今や日本中、このニュースで持ち切りだった。

　新宿《しんじゅく》駅前の巨大スクリーンにも、下町の定食屋のテレビにも、それからユーチューブにも、どこもかしこも、アイの姿だらけだった。SNSのトレンドでも、実に十数年ぶりに〝アイ〟のワードが席巻している。

　人々は、この十二年越しのスキャンダルに魅入られていたのだった。

「まだ未成年なのに、隠し子がいたなんて」「事務所の対応がなっていない」「アイドルなんてしょせんは軽薄な人種だから」「これは芸能界全体の問題だ」

　世間というものは、とにかく刺激的な記事を好むのだ。人の心と尊厳を傷つけるような醜聞《ゴシップ》を。醜悪《しゅうあく》な好奇心を、大いに掻《か》き立てるような悲劇を。

この盛り上がりは、すべてアクアの計算通りだった。

有馬かなに関する下世話な報道からマスコミの目を逸《そ》らすため。そして、自分の父親を追いつめる下地を整えるため。ふたつの目的を同時に果たすためには、このタイミングでアイの秘密を暴露することがどうしても必要だった。

世間がアイ一色になるのは、あの頃みたいだ。アクアはそんな感慨にふけっていた。

もっとも、こんなスキャンダルで目立つなんて、当時のアイは望んでいなかっただろうが。

『この件に関して、アイさんの実子である、俳優でタレントの星野アクアさんと、アイドルグループB小町のメンバー、星野ルビーさんが、先ほど報道陣の取材に応じました』

ワイドショーの画面が切り替わり、アクアとルビーの姿が映った。先日、苺プロの事務所が入った建物前の路上で、報道陣に囲まれたときの映像だ。神妙に俯《うつむ》く自分たちの顔に、無数のフラッシュが浴びせられている。

報道陣は、『隠し子というのは本当ですか⁉』『週刊誌報道は事実なんでしょうか⁉』『本当にアイさんの実子なんですか⁉』と、矢継ぎ早に質問を繰り出していた。

画面内のアクアが、マイクを向けられて答えた。

『現在、週刊誌で報道されていることは、すべて事実です』

画面に映る自分の姿を見ながら、アクアは乾いた笑みを漏《も》らしていた。我ながら、ずいぶん冷静な対応である。母の秘密をマスコミに売り渡しておきながら、一切悪びれることもなく答えている。これではまるで、血も涙もない悪党だ。

画面のアクアは、飄々《ひょうひょう》と説明を続けていた。

『僕たち兄妹《きょうだい》が芸能界で活動する以上、今後この事実が明るみに出る可能性は大いにあり、その結果、様々な憶測によって、母の名誉が傷つけられることが予想されるため、自ら公表することを選択しました』

今ごろきっと、アクアの関係者たち――有馬かなや黒川あかね――も、このニュースを見て驚いていることだろう。

アクアとルビーがアイの子供だったこと。そして、アクア自身がこのネタをマスコミに売り渡したということを、彼女たちはどう思うだろうか。

レポーターのひとりが、鼻息荒くルビーにマイクを向けた。

『ルビーさん、ルビーさん！　B小町の復活というのは、お母様の意志を継いで、ということなんでしょうか⁉』

ルビーにとっても、この報道は寝耳に水だったのだ。アイの秘密は、自分たち兄妹が墓まで持っていくものだと信じきっていたのである。よもや兄《アクア》がマスコミにタレこもうとは、思いも寄らなかったに違いない。

あまりのショックに、マイクを向けられたルビーの顔色は真っ青だった。しかし、そんなルビーとて、芸能界で生きることを決めた人間である。しっかりと前を向き、レポーターに向かって答えた。

『私の夢は……母が立てなかった、東京ドームに立つことです』

母譲りの煌《きら》めく瞳は、大粒の涙で溢《あふ》れていた。それはカメラを通じ、多くの人々の心を動かした。ルビーの決意の言葉は、日本中の同情を誘うことになったのである。

薄幸のヒロイン、星野ルビー。母の死を乗り越え、アイドルとしての頂《いただき》を目指す——今回の報道を通じて、人々はそのシナリオに心を惹《ひ》かれたというわけだ。

大衆は、悲劇を愛する。『母の想い』に応《こた》えるために活動する子供たちという絶対的な真実が、結果的にこの話を美談として決着させたのである。

テレビでもネットでも様々なメディアで、ルビーを応援する気風がますます高まっていった。ワイドショーでは連日、ルビーは時の人としてコメンテーターにもてはやされるようになった。

ＳＮＳでも同じだ。「頑張れ」「大好き」「力になりたい」「ずっと応援する」——ルビーに対するメッセージは、そんな肯定的な評価で溢れていた。

アイドルとしてのルビーの人気は今や、十二年前のアイと比べても遜色《そんしょく》はない。単純な注目度だけなら、それ以上とも言える。

アクアからすれば、これは予想以上の状況だった。仲間を救い、父親を追い詰めるための策略は、ルビーの夢を後押しするという副次的効果を生んだのである。

とはいえこのことは、当のルビーにとっては喜ばしいことではなかったようだ。

※

苺プロのレッスン室に、パン、と乾いた音が響いた。

ルビーが、アクアの頬《ほお》に平手打ちをしたのだ。

「いったい、どういうつもり……!?」

アクアの目の前で、ルビーがふるふると肩を震わせている。

妹に頬を張られるなど、思えば初めての経験だったかもしれない。アクアは張られた頬に、じんわりと痛みが広がっていくのを感じていた。

ルビーの射抜くような瞳が、アクアを睨《にら》みつけていた。

「ママが、アイドルとして生涯《しょうがい》貫《つらぬ》き通した嘘《うそ》を！　こんな形で暴露するなんて！」

ルビーが怒るのも、仕方ないことだとは思う。理由はどうあれ、アクアがアイの隠していた秘密を公表したのは事実である。それはルビーからすれば、家族への裏切りに当たるだろう。

「これまでのアクアは、どんな時もアイが一番で、誰よりもママのことを大切にしてた……」

ルビーの視線はまるで仇敵《きゅうてき》を見るようなものだった。

アクアの行動が有馬かなを救うためだったとしても、その結果として自分たちの芸能人としての知名度が上がったことも、今のルビーにとっては些末なことに違いない。

「でも今のアクアにとって、ママはもう、道具でしかないんだね」

アクアは「それは違う」と告げようとしたのだが、ルビーは聞く耳を持たなかった。

「嘘つき！」

心の底から軽蔑《けいべつ》するような表情で、ルビーはアクアから目を逸らした。彼女はそのまま、レッスン室の出口へと足早に向かう。

「ルビー、聞いてくれ」

アクアは、ルビーの肩に手を伸ばした。しかしルビーは、「触らないで！」と、アクアの手を邪険に振り払ってしまった。

「私はもう、アンタのこと家族だなんて思わないから」

潤《うる》んだ目を向け、ルビーはアクアを睨みつけた。

「さよなら、『お兄ちゃん』」

それだけを告げ、部屋の外に出ていく。

アクアはそんなルビーを、ただ黙って見送ることしかできなかった。

ルビーは、十八年間秘密を共有し、絆《きずな》を育んできた大切な妹だ。今や、自分の半身のようなものだと言ってもいい。

そんなルビーに決別を告げられるというのは、「悲しい」や「辛《つら》い」という一言では言い表せないほどの衝撃をアクアにもたらしていた。

ただ、心のどこかでこうなることは覚悟していたのだ。アイの秘密を公表すると決めたとき、ルビーとの対立は避けられないだろう、と。

それでもアクアは、前に進むしかなかった。復讐のためにはこうするしかなかった。

これが最善手だ。

アクアは暗いレッスン場の床に目を落とし、自分にそう言い聞かせていた。

2　かな

とある夜。都内のマンションの一室。

有馬かなは自室でひとり、険しい顔でスマホを睨みつけていた。

「アクアのヤツ、いったいなに考えてんのよ……」

今やネットは、アイの話題で持ちきりだった。

SNSのタイムラインを追っていけば、様々な論争が巻き起こっていた。アイは非業《ひごう》の死を遂げた伝説のアイドルなどではなく、ただファンを裏切った愚《おろ》かな女だったのではないか、星野アクア・ルビーの兄妹は、単なる売名行為のために母の秘密を売ったのではないか。そもそも所属タレントを管理できない苺プロの方針には、大きな問題があるのではないか――とか。言いたい放題言われている状況だった。

常日頃からゴシップに飢《う》える芸能界オタクたちにとっては、今回の一件は近年最大の燃料になったのは間違いない。

ただ、その一方で、先日かなが撮られた島政則《しままさのり》監督との熱愛疑惑のスクープについては、まるで音沙汰《おとさた》がなかった。何日経《た》っても、記事になる気配はない。

かなは、すぐに気がついた。アクアは、私を守ってくれたんだ――と。

アクアは、かなのスクープをもみ消すために、アイの秘密を雑誌に売ったのである。身代《バ》わり《ー》記《タ》事《ー》として。

今の状況を考えれば、そうだとしか思えない。

本当にアイツは、なにを考えているのだろう。

アクアは、ああ見えて身内を大事にする人間だ。アクアにとってアイの抱えた秘密は、なによりも大事なものだったはずなのだ。

それなのにアクアは、その秘密をマスコミに売り渡した。他でもない、かなを守るために。

頬が火照《ほて》る。どきん、どきんと、胸が不自然に高鳴るのを感じる。

こんなことをされてしまったら、アイツへの気持ちがいよいよ止まらなくなってしまう。この気持ちは、諦めなくちゃいけないものだったのに――。

そんなかなのモヤモヤした思考は、玄関のインターホンが鳴る音で中断された。ピンポンピンポンと、鬼のような勢いでインターホンが連打されている。

いったいこんな時間に誰が来たのだろう。

ドアを開けた瞬間、かなは目を丸くした。そこに、ルビーの顔があったからである。しかも、ものすごい仏頂面《ぶっちょうづら》の。

「ちょっ……、ルビー、どうしたの⁉」

ルビーは、お気に入りの巨大な抱き枕と、キャリーケースを手にしていた。

ちょっと友達のうちに遊びに来た——という感じではない。重そうなキャリーケースには、服やら生活雑貨やらがこれでもかと詰め込まれているようだ。

「家出だよ」ルビーが思い切り顔をしかめた。

「アイツと同じ空気吸いたくない」

どうやら例の報道のせいで、アクアとルビーの兄妹仲は最悪な状況になってしまったらしい。ルビーの気持ちを考えれば、それも無理はない。

かなは、居たたまれない気分になってしまった。

もしかして、兄妹げんかは私のせい？

3　アクア

苺プロの元社長、斉藤壱護《いちご》は、長いことアクアたちの前から姿を消していた。

アイというスターを失ったことで、彼も情熱を失ったのだろう。社長としての仕事をすべてミヤコに押しつけ、世捨て人同然の暮らしをしていたのである。ひなびた釣り堀で、日がな一日、ぼんやりと釣り糸を垂らしながら。

それでも斉藤には、自分の人生に未練があった。アクアはそれを知っている。

斉藤は、陰ながらルビーのアイドル業の手助けをしたり、復讐のためにアイの死に関わった人間を探そうとしたりしていた。

なんだかんだ、情の深い男なのだ。苺プロを離れたとはいえ、斉藤はアクアと同じところを目指していたということだ。

しかし、今日の斉藤はアクアに対して強い敵意を抱いているようだった。アクアが釣り堀に顔を見せるなり、その胸倉をぐっと強くつかみ上げてきたのである。

「よく俺の前に顔出せたな」

サングラスの奥の目が、怒りに燃え上がっている。

以前斉藤は言っていた。彼にとって、アイは娘同然の存在だったのだと。だからこそ、アイの秘密をマスコミに売り、その名誉を踏みにじるような真似をしたアクアを、おいそれと許すことはできないのだろう。

「アイの墓暴くようなことしやがって……！　何が目的だ⁉」

「あんたと同じだよ」

アクアが静かに答えると、斉藤は「あ?」と眉根を寄せた。

「アイが死んでからずっと、復讐の機会を窺《うかが》ってた」

復讐は、簡単なものではない。綿密な計画と忍耐力、強い覚悟が必要になる。それはアイが殺された当時、ただの子供でしかなかったアクアにもよくわかっていた。

最初の手がかりは、アイの残したガラケーのデータだった。まずそれを調べるにも、当時のアクアには困難を極めた。ガラケーには、五桁《けた》のパスワードが設定されていたのである。

何万通りものパスワードを毎日試し、「45510」という正解にたどり着くまでに、アクアは長い年月を費やすことになった。

しかし、それで終わりではない。ガラケーからアイの関係者たちの情報を手に入れることができたものの、残念ながらそれだけでは、自分の父親が誰なのかを確かめることはできなかった。

アイの関係者は、そのほとんどが芸能関係者だ。彼らと対面し、その情報を手に入れるためには、立場と実績が必要だった。だからアクアは、苺プロを利用したのである。

「俺が芸能界に入ったのは、アイを死に追いやった真犯人を探すためだ」

インターネットテレビ局のドラマ『今日あま』の出演に、恋愛リアリティショー『今ガチ』への参加。そして地上波ゴールデンの連ドラ『東京ブレイド』——それらの仕事は、アクアにとってすべて復讐へと繫《つな》がる道だったのだ。

斉藤はじっとアクアの顔を見つめていた。アクアの内面にある意志を、見定めようとしているのかもしれない。

「ようやく見つけたんだよ」アクアも、斉藤を強く見つめた。「あのストーカーに住所を教え、アイを殺すように指示した人間を……俺たちの父親を」

サングラスの奥で、斉藤の目がギラリと光る。

「……誰だ」

「言えば、あんたは今すぐにでも殺しに行く」

アクアが答えをはぐらかすと、斉藤は「当たり前だろ！」と激昂した。アクアの胸倉をつかんだまま、大きく身体を揺さぶる。

「アイを殺した人間が、今ものうのうと生きてるなんて、許せるわけがねえだろ！」

許せるわけがない。当然だ。斉藤の抱える憎悪は、痛いほどに理解できる。

だからアクアは、こう続けた。

「……ただ殺すだけで、済ませるつもりはない」

斉藤は、「は？」と眉をひそめた。アクアがなにを言っているのかわからない。そんな表情だった。

「カードはすべて揃《そろ》った」

アクアは、静かに告げた。

子供の頃から頭の中に描いていた復讐計画。長年の準備と忍耐が実を結び、それがついに実行可能になったのだ。

アイの記事を表に出した以上、もはや引き返すことは許されない。今のアクアは、前に進むことしかできないのである。

「あいつが一番苦しむやり方で、徹底的に追いこむつもりだ」

「お前、いったい何を企《たくら》んでんだ……？」

斉藤が息をのむ。アクアの胸倉からは、とっくに手が離れていた。

アクアは斉藤に顔を近づけ、静かに告げた。

「あんたにも、協力してほしい」

4　ミヤコ

斉藤ミヤコはリビングでひとりきり、ノートパソコンに向かっていた。カタカタ、カタカタとキーを打つ音だけが、暗い部屋に響き渡っている。

もう日が変わろうとする時間だった。それでも、目の前の仕事は一向に片づかない。ミヤコは、ため息をつきながらキーボードを叩き続ける。

来季のB小町のスケジュール表作成に、CM出演の交渉メールのやりとり。グッズ販売の企画書への返事に、オフィシャルサイトのWEB《ウェブ》更新――。毎日、うんざりするほどの仕事を片づけなければならないのだ。

アイの一件が明るみに出て以降、B小町への注目度は急上昇している。なかでも星野ルビーへのオファーは、各所から殺到していた。去年の同じ時期に比べれば、ゆうに十倍にもなるだろう。

苺プロとしては嬉《うれ》しいことなのだが、同時に忙しさも半端ではなくなっていた。ルビーのスケジュール調整だけでも、猫の手でも借りたいほどの作業量になっている。ミヤコのここ数日の睡眠時間は、平均三時間を切っていた。

そもそも、この手のマネジメント業務は、本来ミヤコの仕事ではなかったのだ。

まったく――と、ミヤコは舌打ちする。こういうときに頭をよぎるのは、十数年前に家を出て行ったきりの夫、壱護の顔だった。

あの男が途中で逃げたりしなければ、自分はこんな大変な目に遭っていなかったのに。

せめて近くにいてくれさえすれば、もう少し心穏やかに仕事ができていたはずなのに。

と、そのときだった。ピンポーン、と玄関のインターホンが鳴る。

「なんなの、こんな時間に……」

ミヤコは苛《いら》つきながら椅子《いす》から立ち上がった。こんな深夜に人の家に来るなんて、よほど失礼な人間に違いない。

文句のひとつでも言ってやろうと、ミヤコは「はーい」と、ドアを開ける。

ある意味で予想通りだったのかもしれない。ドアの外にいたのは、ミヤコがこれまでの人生で出会った中で、もっとも失礼な人間だったからだ。

斉藤壱護がそこにいた。ジャンパーのポケットに手を突っこみ、ばつの悪そうな顔で佇《たたず》んでいる。

ミヤコはしばらくぶりに会った夫の姿を、じっと見つめた。

壱護もまた、ミヤコに目を向けていた。少し安堵《あんど》した様子で、ミヤコの方に近づいてくる。

今までどこでどうしていたのか。今の苺プロの状況を知っているのか。ミヤコにはいろいろと問い詰めたいことはあったのだが、それよりも先に気持ちが溢れてしまった。

ミヤコは右手を振りかぶり、思いっ切り壱護の頬を張り倒した。

パンッと大きな音が鳴る。

壱護は避けようともせず、甘んじてミヤコの平手打ちを受け入れていた。ミヤコにすべてを押しつけて逃げ出したことに、罪悪感があるのだろう。

ミヤコは壱護の胸倉をつかみあげ、マンションの廊下の壁に押しつけた。

「『この世界で一番煌めく景色を見せてやる』……そう言ったのはあんたでしょう！　勝手に諦めて……」

ミヤコの目に、涙が溢れる。

若い頃のミヤコは、煌めくものに憧れていた。ネオンで輝く東京の夜に憧れ、華やかに着飾るセレブな生活に憧れた。自分もまた、煌めきたいと思っていたのだ。

当時のミヤコはそのための努力を惜しまなかった。大学生活の傍《かたわ》ら、キャンペーンガールや水商売をこなし、ハイステータス男性との人脈を確立する。

その男たちに金を落とさせ、自身の美容や持ち物に、さらなる磨きをかけていくのだ。

もっともっと煌めくために、男と繋がり、金と繋がる。いわゆる、港区女子《みなとく》と呼ばれる生き方だった。

しかし、そんな生活も長くは続かなかった。ミヤコが大学を卒業し、年を経《へ》るにつれ、男たちはだんだんとミヤコから離れていった。

当時のミヤコは悩んだ。自分の価値はいったいなんなのか。自分の力では結局、煌めくものを手にすることはできないのか。

そんなミヤコを救ったのが、壱護だったのだ。

居場所をなくしていたミヤコに、壱護は芸能事務所の手伝いをさせてくれることになった。

芸能仕事で上手《うま》くいかなかった自分が、アイドルのお世話なんて——当初こそそんな境遇に皮肉を感じたものの、アイドルたちのケアをする仕事は、マメな性格のミヤコに合っていたのかもしれない。

裏方から見る光も、そんなに悪いものではなかった。

あの頃のＢ小町が——アイがステージで華やかに輝く姿は、生きることに疲れていたミヤコにとっては、希望の象徴のように思えたものだ。

あのとき壱護が得意げに言った言葉は、今もミヤコの胸に息づいている。

——これからも俺を支えてくれないか。俺は本気で仕事をする。

——お前が支えてくれるっていうんなら、この世界で一番煌めく景色を見せてやる。

それは、自分たちの育てたアイドルが、サイリウムで染め上げられたドームのステージに立つ光景。

この人についていけば、そんな煌めきを目にすることができるのかもしれない。自分の力では見られなかった煌めきを見られるのかもしれない。

ミヤコは今日までずっと、その煌めきを夢見てここまで歩んできた。たとえアイがいなくなっても、壱護がいなくなっても、頑張ってきたのである。

ミヤコは嗚咽《おえつ》をこらえようともせず、目の前の壱護を思い切り抱きしめた。

「今までどこほっつき歩いてたのよ……」

壱護は「すまん」と呟《つぶや》いた。

なにを言い訳するでもなく、ただ「すまん」と。こういう不器用なところが、本当にこの人らしい。

「私はまだ、諦めてないんだからね……！」

ミヤコは十数年ぶりに、夫の腕の中で涙をこぼした。

5　カントク

五反田泰志《ごたんだたいし》もまた、薄暗い部屋の中で作業を行っていた。

ＰＣのモニターで再生されているのは、五反田が十二年前に撮った映像である。Ｂ小町のドキュメンタリー映画の映像素材だ。

アイが亡くなり、あのとき進めていたドキュメンタリーの企画は潰《つい》えることになった。それ以来、苺プロとの関わりもほとんどなくなり、五反田は本業の映画監督の仕事に専念していた。

そちらの仕事は鳴かず飛ばず。ネットでは三流監督と馬鹿《ばか》にされているようだが、まあ知ったことではない。ネットで叩かれようが、自分の作るモノの価値は変わらないのだから。

五反田はそうやって本業に専念しながらも、時折、この未完に終わったドキュメンタリー映像を見返すことがあった。

企画がポシャったときにこの映像を処分しなかったのは、単純に撮れていたものがいい映像《え》だったからだ。ただ捨ててしまうには惜しい、と。

要するに、自分なりに未練があったのだ。あのドキュメンタリーにも、アイにも。

手元のPC画面の中には、ダンスの練習着姿のアイがいた。真面目な表情で、「本当の私を撮ってください」と、まっすぐに五反田を見つめている。

アイは死に際に言っていたらしい。カントクに謝っておいて、と。

謝るのは俺の方だ、と五反田は思っている。アイはあの当時、誰にも言えない秘密を抱え、仲間にハブられ、それでもトップアイドルとしての重責を果たそうとしていた。五反田はそんな少女に、なにもしてやれなかったのだ。

自分は、アイに手を差し伸べられる数少ない大人のひとりだったかもしれないのに。

五反田は椅子に深く腰掛け、ふう、と煙草《たばこ》に火をつけた。

人生というのは意外なものだ、と思う。今ごろになって、かつての未練が果たせるチャンスがやってきたのだから。

先日、五反田のところに、新作映画の企画持ちこみがあったのだ。聞けば新作には、このドキュメンタリーの映像素材を使わせてほしいという。

紫煙《しえん》を吐きながら、五反田はアイの映像を注視する。

なんとなく取っておいた素材が、別の道で活《い》きることになるとは思わなかった。

しかも、その企画を提案したのは、あのアクアなのである。アイの息子であり、今や渦中の人となったアイツが、このタイミングでアイの過去を世間に語ろうというのだから、面白いものである。

「ようやく、お前との約束を果たす時が来たみたいだな」

五反田は呟き、手元のプリントの束に目を落とした。これは現在、アクアと共同で執筆している脚本である。

タイトルは『15年の嘘』。

アクアがなにを考えてこの企画を持ちこんできたのかは、五反田にも薄々想像はつく。

なにしろ、子供の頃からの付き合いだからだ。

アクアの目的はともかくとして、アイの本音を描くのは、五反田にとっても望むところだった。

さて、この脚本をどう仕上げてやろう。五反田は煙草を灰皿に押しつけ、脚本の執筆作業へと戻った。

6 アクア

映画を作るためにはまず、監督と脚本が必要だ。監督と脚本が、映画の全体像を決める。ここが固まらなければ、誰も動けない。

そして全体像が固まった後は、お金の話になる。役者や撮影スタッフ、機材や撮影場所を確保するためには、どうしたって金が必要になるからだ。

そして金を集めるためには、プロデューサーの力がいる。スポンサーから金を引っ張れるかどうかは、プロデューサーの手腕次第だ。

だからアクアはこの日、鏑木勝也《かぶらぎまさや》の事務所を訪れていた。

彼のプロデューサーとしての仕事の腕は、役者やタレントとして、彼が紹介する仕事をこなしたアクアもよくわかっている。

ドラマ、舞台、リアリティショー。鏑木は、様々な分野の作品を幅広くプロデュースしてきた。それだけ、役者にもスタッフにも顔が利く人間だということだ。映画を作る上では、その人脈が大いに役立つことだろう。

なにより鏑木は以前、アイにも目をかけていたことがあるのだ。アイと、アクアたちの父親が出会ったのは、彼が紹介した劇団のワークショップなのである。『15年の嘘』を預けるプロデューサーとしては、もはや彼以上の適任者はいないだろう。

だからアクアはカントクと共に、企画書と脚本を持ちこんだのだった。

鏑木は自分のデスクで、表情を変えずに『15年の嘘』の準備稿に目を通していた。アクアとカントクはソファーに座り、その様子を静かに見守っている。

そうして、小一時間ほど経った頃合だろうか。鏑木は原稿を一通り読んだ後で、ゆっくりと顔を上げた。

「正直、難しいんじゃないかな」

アクアが「どうしてですか？」と尋《たず》ねると、鏑木は「事件を憶測で語りすぎてる」と眉をひそめた。

「下手《へた》したら、方々から訴えられかねないよ」

「もちろん、脚色はしています。でも、この台本に描かれていることのほとんどは、アイ本人の口から語られた事実です」

「どういうこと？」

首を傾《かし》げる鏑木のデスクに、カントクはノートPCを広げて置いた。画面には、例のビデオレターが再生されている。

画面の中のアイが『この前、あなたたちのお父さんに会ったの』と語り始めた。鏑木は、興味深そうにその映像を見つめている。

「アイが残したDVDは二枚。これは僕宛ての一枚です」アクアが説明する。「名前こそ明らかにされていないものの、真犯人に関する証言が残されている」

鏑木は、黙ってアクアの顔に目を向けた。説明の先を促《うなが》しているようだ。

アクアは一呼吸置いて、話を続けた。

「そしてこの脚本を書いたのは、生前のアイから、唯一僕たちの存在を知らされ、このDVDを託された五反田監督と、アイの実の息子である、僕です」

「五反田くんも俺も、キミに踊らされてる気がしなくもないけど……」

鏑木は興味深そうに頷《うなず》きつつ、ゆっくりと椅子から立ち上がった。

そのまま覚悟を決めた表情でアクアに向き直り、「わかった」と答える。

「この映画は俺が引き受けよう」

「ありがとうございます」

アクアが頭を下げると、鏑木は手元のタブレットを手に取った。

「資金集めに難航しそうなぶん、主演は盤石《ばんじゃく》の人気キャストをツモる必要がある。片寄《かたよせ》ゆら、なんかどうだろう」

鏑木は、タブレットの画面を示した。栗《くり》色の髪をした美人が、フレッシュな笑顔を浮かべていた。女優、片寄ゆらの宣材写真である。

彼女については、アクアももちろん知っている。というか、この国で知らない人を探す方が難しいくらいだ。ＳＡ芸能所属の彼女は、今もっとも旬の女優として注目されている人物である。年齢は二十五歳。国内ドラマの女王の異名を持つ。ドラマのみならず、舞台に映画、ＣＭと、その活躍は多岐にわたっている。

つまるところ、今をときめく天下の大女優だ。

さすがは鏑木だ、とアクアは思う。こういう女優を起用できるなら、映画の話題性は上がる。真犯人への復讐という目的に一歩近づくのだ。

アクアは鏑木の案に賛成するつもりだったのだが、カントクの考えは違ったようだ。カントクは腕を組み、「いや」と首を振る。

「アイ役には、星野ルビーを推したいと思っている」

その言葉を聞いて、アクアは耳を疑った。

※

「アンタ、正気か？」

アクアは、カントクに食ってかかっていた。

鏑木の事務所から出た直後である。平然とビルの通路を歩くカントクの背中に向けて、アクアは声を荒らげていた。

「ルビーにアイの死を追体験させるなんて、絶対にあり得ない。この件に、アイツは関係ないんだ」

「俺はこの映画で、『本物の星野アイ』を描きたいんだよ」

カントクは足を止めて、ゆっくりとアクアの方を振り向いた。その目は真剣そのもの。

映画監督としての意地がこめられているようにも思う。

「アイも、それを望んでいるはずだ」

強く言い切るカントクに、アクアはなにも答えなかった。

本物《リアリティ》を追求したいというカントクの意志はわかる。本物のアイを表現するために、その娘であるルビーを起用したいというのも筋の通った話だ。星野ルビーは、アイの素顔をもっともよく知る人間だと言ってもいい。

しかし映画の配役というのは、いくら監督が望んでも、必ず実現できるわけではないのだ。一番大事なのは、役者自身の意志なのだから。

※

斉藤ミヤコは、目を吊り上げてアクアを睨みつけていた。怒り心頭という面持《おもも》ちである。彼女にはアクアも長年世話になってきたが、ここまで怒った顔を見たのは初めてかもしれない。

「勝手に隠し子だって暴露されて、その上、『アイ役を演じろ』だ？　どこまであの子を傷つけたら気が済むの⁉」

アクアの顔面に、ばさり、と紙束が投げつけられた。アクアとカントクで共同執筆している『15年の嘘』の準備稿だ。

どうやら鏑木は、苺プロに話を伝えていたらしい。アクアは帰宅するなり、ミヤコの怒声を浴びることになったのである。

結果がこうなるというのは、わかりきっていたことだった。この荒々しい口調からするに、ミヤコはよほどこの企画が気に入らなかったのだろう。

「私は苺プロの社長である前に、アンタたちの親代わりなのよ。こんなのやらせるわけないでしょ」

それだけを言い捨て、ミヤコはさっさとリビングを出ていってしまった。取り付く島もないという様子だ。

彼女が去ったのを見て、それまで黙って座っていた斉藤が、静かに口を開いた。

「俺もミヤコと同意見だ。ルビーを巻きこむのはやめろ」

斉藤は、妻のミヤコとは違い、アクアが復讐のために動いていることを知っている。ルビーを物騒なことに巻きこむな、と釘を刺しているのだ。

アクアは「安心してくれ」と答えた。

「アイツを巻きこむつもりはない。俺ひとりで十分だ」

もともとアクアの計画では、最初からルビーは蚊帳《かや》の外だったのだ。ルビーを起用したいというのは、あくまでカントクの意向である。アクアにはそもそも、斉藤夫妻に今回の件を伝えるつもりすらなかった。

事務所からこうまではっきり拒絶の意思を示されれば、さすがにカントクも強くは要求できないだろう。アクアとしては、最低限の義理は果たしたとも言える。

アクアは内心ほっとしていた。

斉藤夫妻は、やはりルビーを心から愛している。このままルビーはルビーなりに、彼らの庇護のもと、日の当たるところで自分の夢を追いかけていってほしい――。アクアはそう考えていた。

自分がいつまでも、ルビーを守ってやることはできないのだから。

※

アイの墓は、郊外の静かな墓地にある。

この場所を知っているのは、アクアとルビーを除けば、斉藤夫妻くらいのものだ。アイはこの小さな墓地で、誰にも知られず、ひっそりと眠りについている。かつて一世を風靡《ふうび》したアイドルだとは思えないほどだ。

アクアはアイの墓石の周りを綺麗《きれい》に整え、花と線香を供《そな》えた。

そういえば、ひとりで墓参りに来るのは、久しぶりのことかもしれない。これまでは大抵、ルビーも一緒だったのだ。

もう、兄妹で墓参りに来るような機会は二度と来ないかもしれない。アクアが復讐の道を歩く以上は、それも仕方がないことだと思っている。

アイは、それを寂しく思うだろうか。

アクアは墓石の前で手を合わせた。

「俺は、自分の使命を全うする。見守っててくれ」

墓石は、ただ静かに佇んでいる。

※

鏑木は、やはり仕事が早かった。

再びアクアとカントクが彼の事務所に向かうと、鏑木からすでにキャスティング作業を進めているという報告を受けた。

応接テーブルの上には、人気沸騰《ふっとう》中の若手女優たちの宣材写真が並んでいる。アクアにとっては、いずれもよく見知った顔ばかりだ。

「一応、主演候補の女優には何件か打診しておいた。片寄ゆら、不知火《しらぬい》フリル、黒川《くろかわ》あかね、……一応、星野ルビーにもね」

ルビーの名前が出たところで、鏑木はアクアをちらりと見た。そして「光の速さで断られたけど」と冗談っぽく続ける。

それはそうだろう、とアクアは思う。苺プロの社長夫妻からは、先日あれだけこっぴどくNGを出されているのだ。そもそも、ルビーには話すら行っていない可能性もある。

横目でカントクを見れば、宣材写真を見ながら仏頂面で押し黙っていた。ルビーに断られたのがよほど残念だったのだろう。いまだ納得の行っていない様子だった。

鏑木は、アクアを見ながら続けた。

「真犯人役は、キミにオファーする。いいね」

「もちろんです」

アクアは即答した。これは、自分でなければできない役だった。あの男の実の息子であり、長年その影を追い続けたアクアだからこそ、演じられる。アクアがあの男を演じることで、復讐を成し遂げることができるのだ。

鏑木もカントクも、そこは暗黙のうちに理解してくれているようだ。ありがたいことだとアクアは思う。

鏑木は「ふう」と息をつき、椅子に背中を預けた。

「第一候補の片寄ゆらは、事務所もかなり乗り気なんだけど……」

なにやら、鏑木の声には煮え切らないものがあった。アクアもカントクも、黙って鏑木の話に耳を傾けた。

「一昨日から、本人と連絡がつかないらしいんだよ」

7　ヒカル

鬱蒼《うっそう》と生い茂る森の中に、綺麗な水が湧き出る小川があった。一般の登山コースから離れたこの場所は、神秘的な静寂に包まれている。

都会からさほど離れていないにもかかわらず、ここの空気は抜群に美味《おい》しい。知る人ぞ知る名山なのだろう。根っからの登山愛好家である片寄ゆらが、この山に登りたがっていた理由がわかる気がした。

もっとも、その片寄ゆらは、もう二度と山登りを楽しむことはできない。

彼女は今、頭から血を流し、小川に身を横たえている。日本中に愛されたその美しい顔は、すっかり血の気を失っていた。瞳孔《どうこう》も完全に開ききっており、身体も死後硬直を始めている。

物言わぬ身体となった国民的大女優を見下ろし、神木輝《カミキヒカル》は「僕のせいだ」と呟いた。

「キミの命には、大きな価値があったのに」

片寄ゆらと接触したのは、つい先週のことだった。久しぶりに飲みませんか、と彼女の方から誘いがあったのだ。

水割りを傾けながら、片寄ゆらはヒカルに告げた。次の休暇に、山登りでリフレッシュをしてくる、と。

プライベートの予定を明かすほど、片寄ゆらはヒカルを信頼していたということだろう。それが彼女にとって、命取りになるとは知らずに。

「――奪っちゃった」

ヒカルは、にこりと微笑《ほほえ》みを浮かべた。

たとえ国民的人気女優であろうと、その命を奪うのは、驚くほど簡単なことだった。今朝方、片寄ゆらに「いい景色が見える登山ルートがある」というメールを一本送ったこと、と、そのルートに通じる立ち入り禁止の案内板を剥がしただけ。それだけで彼女は山道から滑落し、あっけなく死に至ったのである。

才能に溢れ、誰からも愛される人間が、間接的とはいえ、ヒカルのせいで命を散らしてしまう――。この快感は、何度経験してもやめられるものではない。片寄ゆらの血まみれの顔を見ていると、背筋がゾクゾクと、歓喜に震えるのである。

これは、ただの殺人では得られない満足感だった。人々を夢中にさせる人気者《スター》だからこそ、壊しがいがある。なにせ、人気者をこの世から消してしまうことで、何千、何万という人々の心を動かすことができるのだから。

幼い頃から舞台に携《たずさ》わってきた表現者だからこそ、その暗い悦《よろこ》びを、どうしようもなく渇望してしまうのだろう。ヒカル自身、それが歪んでいることはもちろん理解している。

「僕の命に、重みを感じる」

ヒカルは、そう呟いて片寄ゆらの死体に背を向けた。まるで自分が神にでもなったかのような、恍惚《こうこつ》とした全能感を味わいながら。

8　ルビー

有馬かなの衝撃的な告白に、ルビーは「ええ!?」と声を裏返してしまった。

スタジオでのライブ練習の直後である。B小町一丸となって今度のステージに臨《のぞ》もうというこのタイミングで、かなはとんでもない爆弾を投下したのだった。

ＭＥＭちょも、ルビー同様に唖然《あぜん》としている。練習着のままスタジオの床に座りこみ、すっかり目を丸くしていた。

「え、ちょっと待って、かなちゃん。『辞める』ってどういうこと？」

「アイドルを、Ｂ小町を辞めるってことよ」

そういうかなの表情には、冗談を言っている気配はなかった。自分の中ですでに決まっていることを、そのまま口に出したという様子だった。迷いは一切ない。

ルビーは「なんで……？」と首を傾げた。

Ｂ小町が久しぶりに復活して、ようやく人気が出てきたところだったのに。もう少しで、アイが叶えようとしていた夢を果たせるかもしれないところなのに。

かなは、どこか申し訳なさそうに目を伏せた。

「事務所にもふたりにもいろいろ迷惑かけたし」

ＭＥＭちょは即座に立ち上がり「そんなの気にしてないって！」と、かなの顔を覗《のぞ》きこんだ。ＭＥＭちょはこういうときに、いつも人を労《いたわ》ることができる。さすが年上だなあとルビーは思う。

しかし今回は、そんなＭＥＭちょのフォローも、かなには通用しなかったようだ。

かなは「なにより」と語気を強めた。「『もっと芝居がしたい』って思ったの」

もともとかなは、役者畑の人間だ。十秒で泣ける天才子役、有馬かなの名は、かつては日本中に知られていたほどなのである。

年齢が二桁になって以降は鳴かず飛ばずの時期が長かったが、それでもかなは、積極的にドラマや舞台への出演を続けていた。かながどれだけ真剣に演技に向き合ってきたのかは、ルビーも一応わかっているつもりだ。

特に先日の『東京ブレイド』では、迫真の演技を見せていた。原作ファンのみならず、ドラマの評論家たちもその演技をほめちぎっていたほどである。

あれをきっかけに、かなの中で芝居への意欲が高まったのかもしれない。その情熱はきっと、ルビーがアイのようなアイドルを目指したいと思う気持ちと、そう変わるものではないだろう。

一度魅せられてしまった夢には、どうしたって背を向けることはできない。この芸能界《せかい》で生きる者の宿命だ。

かなは、まっすぐな目で続ける。

「私は、スポットライトの当たるステージじゃなくて、芝居の現場にいたい」

ミヤコもまた、スタジオ端の壁に寄りかかり、かなをじっと見つめていた。小鳥の巣立ちを応援する、母鳥のような優しい視線である。

もともとミヤコも、かなの意向は承知していたのだろう。かなが今日この場でルビーたちに卒業を告げることは、事前に話し合っていたことなのかもしれない。

「ふたりには本当に感謝してる」かなは、神妙な表情で続けた。「私は、Ｂ小町を卒業します」

その声色には、アイドルに対する未練は一ミリもない様子だった。いっそ清々《すがすが》しいほどの覚悟を感じる。

ルビーもＭＥＭちょも、もはや何も言わなかった。複雑な気分の中、新たな旅立ちの決意を固めた仲間の顔を、曖昧《あいまい》な笑顔で祝福することしかできなかったのである。

卒業は、笑顔で見送るものなのだから。

※

とはいえ、笑顔を浮かべられたのも表向きの話にすぎない。ルビーの頭の中は、様々な感情でこんがらがっていた。

かなの夢を応援してあげたい気持ちもある。しかし、彼女はもはやＢ小町にとってはなくてはならないメンバーなのだ。

かなは三人のメンバーの中でもっともステージ慣れしているし、歌唱力も高い。ややひねくれた性格も今ではなんだかんだ愛着があるし、芸能界の先輩として頼りにしていた部分もある。

そんななかながこの局面で抜けるというのは、ルビーにとっては正直痛手なのだ。一緒にドームを目指していく仲間だと思っていたのに。

「はあ……」

こういうとき、誰に相談したらいいんだろう。ルビーは休憩室のテーブルで項垂《うなだ》れながら、深いため息をついていた。

かなのことをよく知っていて、今後のB小町の活動に関して適切な助言をしてくれそうな人物——真っ先に思いついたのはアクアの顔だったが、ルビーは首を横に振ってその考えを打ち消した。

あんなやつとはもう絶縁する。そう決めたではないか。アイの秘密を売るような人間は、もう味方だとは思わない。

ルビーが悶々《もんもん》としていると、背後から「ルビー、そろそろ帰るよ」と優しげな声をかけられた。声の主は、ＭＥＭちょだ。

彼女はすでに帰り支度を終えているようだ。お気に入りのファー付きバッグを肩に下げ、休憩室の戸口のところでルビーを待ってくれている。

ルビーはテーブルに突っ伏したまま、「ごめん」と彼女に告げた。ＭＥＭちょの気遣いはありがたいが、今日は楽しく談笑して帰るような気分ではない。

「もう少しここにいる」

ＭＥＭちょも「そっか」と息をついた。それから「じゃあお先」と笑顔を作る。ＭＥＭちょ自身もショックだっただろうに、それを彼女はおくびにも出さない。こうして表面上だけでも明るく振る舞えるのは、すごいことだと思う。

自分はあんなに強くなれないな——とルビーは思う。ママみたいに、ひとりでも強くならなくちゃいけないのに。

去っていくＭＥＭちょの足音を聞きながら、ルビーはもう一度大きなため息をついた。

※

結局それからどうにも気分が上がらず、ルビーはしばらく休憩室でゾンビのごとき有様と化していた。アクアの件に引き続き、今回のかなの件である。問題だらけで頭が痛い。

ルビーはテーブルに突っ伏したまま、うだうだとあれこれ考え続けていた。

なんとか帰り支度を整え終わった頃には、すっかり空は暗くなっていた。夜の冷たい空気でも、淀《よど》んだ気分は拭《ぬぐ》えない。

外階段を下りたところで、ルビーは眉をひそめた。

駐車場に、見慣れぬ人物の姿があったからだ。

「よう」

じっとルビーの顔を見つめているのは、四十代くらいの男性だった。細身で髪は長め。あまり手入れのされていないひげ面には、どこか業界人めいた雰囲気を感じる。

ルビーが「え？　誰？」と首を傾げると、男は「五反田だよ」と答えた。

五反田。聞き覚えのある名前だった。そういえば、アクアが昔から世話になっているカントクの本名が、そんな感じではなかっただろうか。

「あー、映画監督の！」

ルビーが言うと、カントクは表情を変えずに続けた。

「台本、読んだか？」

「台本……？」

なんのことだろう。話がまったく見えない。

※

どうやらアクアとカントクは、アイを題材にした映画を作るらしい。

ミヤコからそれを聞いたルビーは、思わずその場で「なんなの⁉」と叫びだしたいところだった。アクアはあれだけのことをしてアイを貶《おとし》めたくせに、まだアイのプライベートを世間に切り売りしようとしているらしい。

それも、当初はルビーにアイ役を任せようとしていたというのだ。もはや、面の皮が厚いどころの話ではない。同じ血が流れているというだけでムカツク。もうアイツを一度ぶん殴ってやろうかと思ったくらいだった。

黒川あかねからの連絡が来たのは、ちょうどその頃だった。なんでも彼女は、「どうしてもルビーに頼みたい用件」があるという。

黒川あかねといえば、劇団ララライの看板女優で、最近では各所で引っ張りだこの若手人気女優である。

ルビーからすれば、彼女は兄《アクア》の恋人として、一緒に宮崎まで旅行にも行った仲だ。大人びて落ち着いた美人の優等生、というあかねの雰囲気は、ルビーの目には好ましく思えたのを覚えている。こんな人がお姉さんだったらいいな、と当時は本気で思ったものだ。

もっとも、そんなあかねも今ではアクアと別れている。詳しい事情は知らないが、なんでも激しい口論の末に縁を切ることになったらしい。

あのバカは本当に、何を考えてるんだろう。どこでも敵を作ってばかりだ。

断絶しているのは、アクアとルビーの関係も同じなのである。だから今は、あかねとルビーを繋ぐものはなにもない。赤の他人と言ってもいい状況なのだ。

そんなあかねが、ルビーに頼み事をしてくるとは意外だった。ケンカ別れした男の妹に、いったい何の用事なのだろう。

ぶっちゃけ、かなり気まずい。


待ち合わせ場所は、劇団ララライの稽古場だった。

入り口スタッフにあかねとの待ち合わせを告げ、ルビーはきょろきょろしながら廊下を進む。

稽古場に入ると、あかねが舞台セットに腰を下ろしている姿が見えた。ルビーに背中を向け、真剣になにかを読んでいる。

「あかねさん」

声をかけると、あかねはゆっくり立ち上がり、ルビーの方を振り向いた。

「ごめんね、忙しいのに時間作ってもらっちゃって」

彼女が身に着けているのは、ゆったりしたプルオーバー。そこに、ロングのスカートを合わせている。どちらも落ち着いた色合いだ。一歳しか違わないはずなのに、あかねはずいぶん大人びて見える。

ルビーは尋ねた。

「用ってなんですか？」

「役作りに協力してほしいの」

役作り。本職の女優であるあかねが、ルビーになにを求めているのだろうか。

その答えは、彼女の手にしている台本にあった。『15年の嘘』と書かれたその台本は、アクアとカントクが作ろうとしている、例の映画のものだ。

「私の芝居、見てもらえるかな」

なるほど、とルビーはようやく納得する。あかねはおそらく、アイ役を演じようとしているのだ。その役を蹴《け》ったルビーに代わって。

「『つまり、お母さんはいつまでも女だったんだよね……。母親になれなかったの。男が好きで、女が嫌いで……』」

ルビーの視線の先では、あかねが鬼気迫る表情で台詞《せりふ》を言った。

その表情に満ちていたのは、母親に育児放棄をされた少女の悲哀、そして怒り。はた目で見ているだけでも鳥肌が立つほど、あかねの演技は真に迫っている。

あかねは、ふっと悲しげな笑みを浮かべた。

「『だからかな？　お母さんが私を迎えに来てくれなかったのは……』」

さすが人気女優だ、と思わせる演技だった。この上手な演技を見れば、彼女が現在、様々なメディアで評価されているのも頷ける。

しかし、ルビーの感想はそれだけだった。あかねはたしかに上手いが、今の演技がアイを表現しているとは思えない。

「なんか、ちょっと違うかも」

ルビーが口を挟むと、あかねは、「どんなふうに？」とルビーに尋ねてきた。真剣な表

※

情で、じっとルビーの顔を覗きこんでいる。

そんな顔をされてしまえば、ルビーもまた、真剣に答えるしかない。

「母親に見捨てられた子供は、今がどれだけ幸せでも、一生その事実に囚《とら》われ続ける」

ルビーにもまた、そういう記憶があった。

それはルビーとしてこの世に生まれ落ちる前、天童寺《てんどうじ》さりなとしての記憶。自分は病気を患《わずら》って以来、ほとんど母親と顔を合わせたことがなかった。あの母親にとって大事なのは、己の仕事だけだったのだ。

前世の自分は、入院してから十二歳でこの世を去る日まで、まともに母の愛を与えられずに過ごしてきた。その辛さは、単なる悲しみや怒りという感情で表現できるものではない。ひとたびあの頃のことを考え始めると、今だって、心が粉々に砕け散ってしまいそうになるくらいなのだ。

昔のアイも、きっとそんな自分と同じだったのではないか――ルビーはそう考えていた。

「だからアイ《ママ》は、なんでもないことのように振る舞ってたんじゃないかな。自分の心を守るために……」

そんな説明に納得したのかしていないのか、あかねは、ルビーに向けて台本を突き出した。

「やってみせて」

 凄むような迫力があった。あかねにもまた、女優としてのプライドがあるのだろう。演技にケチをつけられた以上は、黙っていられないというわけだ。

ルビーは恐る恐る、その台本を受け取った。こうなれば、やってみせるしかない。

ルビーはパラパラと台本をめくり、あかねの演じていたシーンの台詞を心に刻みこんだ。

もしこの台詞をアイが言うなら。さりなが言うなら。そう思って、ルビーは台詞を口に出した。

「『つまり、お母さんはいつまでも女だったんだよね……。母親になれなかったの。男が好きで、女が嫌いで……』」

明るい笑みを浮かべながら、ただの雑談のようにさらりと口にする。

そうだった。思えば昔からアイは嘘が得意だった。自分の気持ちに蓋《ふた》をして、笑顔の仮面を顔に張り付ける。そうしてアイは、スターダムを駆け上がっていったのだ。

「『だからかな？　お母さんが私を迎えに来てくれなかったのは』」

まあそれもしょうがないよね、というくらいの気安さで、ルビーはふっと小さく笑った。

相手に同情なんてしてほしくない。可哀想《かわいそう》な子だって思われたくない。笑顔を浮かべるのが、アイドルの仕事だから。きっとアイならそういう風に考えていただろう。

あかねの視線は、意外なものを見るようにルビーに向けられていた。

※

「『ママはね……アイドルとしての幸せも、母親としての幸せも、両方手に入れたんだ……』」

ルビーはお腹《なか》を押さえながら、声を震わせていた。

胸によぎるのはあの日、リビングの磨《す》りガラス越しに見ていたアイの最期《さいご》の姿。あのか細い声を思い出すだけで、ルビーの目には大粒の涙が溢れてくる。

「『こんなにも、死にたくないと思う日が来るなんてなぁ……』」

稽古場の床を涙で濡らしながら、ルビーはアイの無念を口にする。

ドーム公演を控えていたアイは、あの日、大好きな子供たちの前で理不尽に命を散らすことになった。アイドルとしても母親としても、あんなところで終わってしまうのは不本意だったはずだ。

「『全部、アイツのせいだ……』」

胸に溢れるこのどうしようもない怒りは、アイのものなのか、それとも自分自身のものなのか。ルビーには、わからない。

ルビーがアイの演技をしている間、あかねは一言も口をきかなかった。目を皿のように見開き、じっとルビーを観察していたのである。

あかねがようやく口を開いたのは、ルビーが一通りの演技を終えた後のことだ。どこか辛そうな顔で、あかねは告げた。

「最初に台本を読んだとき、『こんな映画作るべきじゃない』って思ったの」

それは、ルビーと同じ感想だった。これ以上、ママの秘密を暴露されたくない。ママを売り物にされたくない。そう思ったのだ。

しかし、あかねの観点は少し違うようだ。「でも」と続ける。

「この映画が世に出れば、アイさんを殺した真犯人を必ず追い詰めることができる。アクアくんは、最初からそのつもりでこの企画を立ち上げたんだと思うの」

アイを殺した真犯人を追い詰める――ルビーは、その発想に思わずはっとさせられていた。アクアの真意が復讐にあったなんて、考えてもみなかったことだ。

だとすると、先日のアクアのマスコミへの漏洩《タレコミ》も、その真犯人を追い詰めるための行動のひとつだったのかもしれない。そう考えれば、いろいろと納得できる部分もある。

ルビーは、ちらりとあかねの顔を見上げた。台本ひとつで書き手の真意に気づくなんて、さすがだと思う。アクアと恋人だったせいなのか、それとも長年役者として培《つちか》った観察眼のおかげなのか。どちらにせよ、彼女はやはりすごい。

あかねはルビーに向かって、きっぱりと告げた。

「だから私は、この役を完璧に演じたい」

それは、強い意志を感じる視線だった。役者としての誠意。そして、アクアの力になりたいという決意がこめられている。別れてもなお、彼女はアクアを大切に想っているのだ。

だけど——とルビーは思う。この台本に、あかねの言う真意が隠されているのなら、このままではいけない。

「そんなの無理だよ」

ルビーの言葉に、あかねは意外そうに目を見開いている。

ルビーも、まっすぐにあかねを見つめた。

「赤の他人に……ママの本当の苦しみや無念を理解できるわけがない。この役は、私がやるべきだと思う」

「演技未経験のルビーちゃんに、私より良い芝居ができると思う?」

あかねの反論は、ぐうの音《ね》も出ない正論だった。ルビーは素直に「思わない」と答える。

だが、それで諦めるわけにはいかない。

脳裏に蘇《よみがえ》るのは、母として惜しみない愛をくれたアイの顔《ママ》。そして、さりなの病室をいつも訪れてくれた、ゴローせんせの笑顔。あの真犯人は、ルビーの大切な人間をふたりも奪ったのだから。

「でも、ママとせんせの仇《かたき》を取るのは……アイツに復讐するのは、私じゃなきゃ絶対ダメなんだよ！」

そう告げたルビーを、あかねの黒い瞳が見つめていた。ルビーの意志の強さを測るように、睨みつけるように、じっと。

9　アクア

それからひと月も経たないうちに、五反田監督は『15年の嘘』の脚本決定稿を提出した。普段のカントクよりも数倍仕事が早いのは、彼がこの映画に対して強い思いを抱いているからなのだろう。

強い熱意を抱いているのは、プロデューサーの鏑木も同じだった。幅広い人脈を利用して、予算とスタッフをかき集めてくれている。映画制作委託契約書にもとうとう承認の判子が押され、映画『15年の嘘』は、ついに制作が開始されることとなったのだった。

「今回は、実際にあった事件をもとに制作していきます。リアリティには徹底的にこだわりたいと思っています」

スタッフルームに集まるスタッフたちに向けて、カントクが口を開いた。

テーブルの上に広げられているのは、ロケハン写真や舞台の設計図、台本や演出などをまとめたファイル類。二十人以上のスタッフたちが、これらの資料に目を落としながら、カントクの指示にじっと耳を傾けている。

これが映画制作か、とアクアは興味深く周囲を見回していた。スタッフも、これまでの現場とは比べ物にならない人数が動員されている。

映画というものは、失敗の許されない一発勝負の大博打《ばくち》だ。

ドラマの撮影ならエピソードごとに評価を受け、次の撮影で軌道修正が可能である。舞台であれば公演のたびに演出や脚本を変更する余地がある。

しかし映画は一度公開されれば、二度と修正できない。視聴者のファーストインプレッションが、そのまま映画の最終的な命運を左右することになる。

当然、それだけ映画監督の両肩にかかる責任も重いということだ。映画監督は限られた日数で、最大限に質の高い作品を作り上げなければならない。もしも失敗すれば、多額の投資も一瞬で無に帰す可能性があるのだ。そのプレッシャーは、並大抵のものではないだろう。

改めて、アクアはカントクの助力に感謝していた。自分ひとりでは、決してこの復讐劇を作り上げることはできなかっただろうから。

カントクは淡々と、しかし真剣な表情で、スタッフたちに説明を続けている。

「まずは一番重要なポイントとなるこの星野家。ここから詰めていきましょう。お願いします」

カントクが示したのは、高層マンションの一室が描かれたコンテ書きだった。斉藤社長から贈られ、アイとアクア、ルビーが三人で過ごした家。そしてアイが命を落とした場所でもある。

助監督たちが、カントクの指示に従って説明を引き継いだ。

「では皆さん、お手持ちのロケ地資料をご確認ください」

「オープニングがありまして、シーン1、星野家です」

アクアもまた、手元の資料類に集中する。映画には、これだけ多くの人間が関わってくれているのだ。是《ぜ》が非《ひ》でも、成功させなければならない。そのためなら、打てる手はなんでも打っておくべきだろう。

アクアの頭の中に浮かんでいたのは、この映画の主演としてオファーされている女優の顔だった。

黒川あかね——彼女と共演することになった以上、もう一度しっかり話をしておかねばならない。聡《さと》い彼女のことだ。きっとすでに、アクアの思惑にも勘づいているはずである。

邪魔をさせるわけにはいかないのだ。

※

その日、さっそくアクアはあかねに連絡を取っていた。話がしたい、と一言、メッセージを送ったのだ。

返事はすぐに来た。今夜の仕事終わりにふたりで会おう、と。

待ち合わせ場所に現れたあかねは、変装用のキャップを被っていた。彼女も一流の芸能人だ。別れた元カレ《アクア》と並んで歩いている姿を見られるのは、なにかと不都合なのだろう。

周囲の目を警戒しながら、川岸の遊歩道を並んで歩く。揺蕩《たゆた》う水面《みなも》は、対岸のビル街の光を受けて色とりどりに輝いていた。

恋人同士で歩くなら、絶好のロケーションだと思う。残念ながら、今の自分たちはもはやそんな関係ではないのだが。

「悪かったな」アクアは、隣を歩くあかねに告げた。「こんな時間に呼び出して」

「『二度と関わるな』って言ったくせにね」

そんな皮肉を告げながらも、あかねの表情にはさほどの嫌悪感はなかった。むしろ、アクアのことを気遣ってくれているような雰囲気すら感じる。

忙しい中、こうしてわざわざ会う時間を作ってくれたのだ。冷たく突き放したのに、あかねは変わらない。なんとかしてアクアを支えようとしてくれている。

彼女のように献身的な女性は、尊いものだとは思う。

しかし、あかねがそういう人間だからこそ、アクアにとって障害になりうるのだ。

これからアクアがやろうとしていることは、真っ当なことではない。優しく賢いあかねは、きっとそれを止めようとするだろう。アクアの未来を守るために。

自分には、そんな未来は要らない。アイが死んだあの日、自分はこの人生を復讐のために捧げることを決めたのだ。どうか頼むから邪魔はしないでくれ——。

そうアクアが告げようとした矢先、あかねの方が先に口を開いていた。

「ルビーちゃんに会ったの」

予想外の一言に、アクアは言葉を失ってしまった。

どうして。いったいいつの間に。そんな疑問がアクアの頭をよぎる。

混乱するアクアをよそに、あかねが続けた。

「『この役は私がやるべきだ』って、言ってた」

ルビーのやつ、いったい何を考えているのだろうか。そもそも苺プロの社長夫妻には、主演のオファーをあれだけの剣幕で断られたのである。当然ルビーも、それに同調すると思っていたのに。

ルビーがこの映画に関わることは、アクアの計画にはそぐわないものだった。

「……アイツを巻きこむつもりはない」

「キミから連絡が来て、すごく、嫌な未来が思い浮かんだ」

川面に映るビルの光を見つめながら、あかねは静かな声色で続ける。

「映画が失敗したら、キミは、自分の手を汚すつもりでしょ？」

やはり、あかねはすべてお見通しだったようだ。アクアはなにも答えなかったが、あかねはそれを肯定の証《あかし》だと受け取ったらしい。

「そんなことになったら、ルビーちゃんは間違いなくアイドル生命を絶たれてしまう。その先も、殺人犯の妹として、生きていくことになる」

あかねの目が、アクアを見据えた。諭すように、強い口調で続ける。

「キミが、ルビーちゃんにそんな悲しい想いをさせるわけがないよね……？」

あかねの言うことは、間違いなく正論だ。

もしもアクアが真犯人を殺すような事態になれば、ルビーの人生が台無しになるのは疑いない。それだけではなく、苺プロの面々にも、それからあかねにも迷惑をかけてしまう可能性がある。

それだけは避けたいと、アクアだって考えている。

あかねは「だから」と続けた。

「この映画は、必ず成功させなきゃいけない。キミが直接手を下すようなことだけは、私が阻止する」

まるで宣戦布告のような勢いで、あかねは告げた。

彼女の意志の強さはよくわかっている。やると言ったら、必ずやる人間なのだ。もしものときが来たら、必ずアクアの敵として立ちはだかることだろう。

あかねはアクアに有無を言わさぬ勢いで、「じゃあね」と踵《きびす》を返した。そのまま振り向くこともなく、ひとりで遊歩道を歩き去ってしまう。

アクアはひとり、川面を見つめながら呟いた。

「……もう止まれないんだよ」

※

それから数日が経ち、映画『15年の嘘』の制作は順調に進んでいた。

登場人物のキャスティングもだいぶ固まってきている。アサインしてくれた役者の中には、アクアが知る顔も少なくなかった。

有馬かなもそのひとりだ。彼女は初代B小町のメンバー、ニノ役として、映画に参加することを表明してくれている。

今日は、かなの衣小《いしょう》合わせ（衣装・小道具合わせ）が行われていた。衣装部屋にて、ニノのステージ衣装の細部を詰めていく作業である。

アクアは、カントクと共にこの衣小合わせに同席させてもらっていた。なにしろこの映画はリアリティを重視するものである。アクアも当時のB小町に関してはそれなりに詳しい。なにかしら意見が言えるのではないかと思ったのだ。

部屋の中央には、有馬かながスタッフたちに囲まれて立っていた。かなが身に着けているのは、リボンとフリルが多めなフェミニンなデザインの衣装。ニノのステージ衣装である。


よく着こなしている、とアクアは思う。衣装のチョイスにも特に異論はなかった。

考えてみればあの有馬かなは、実際二年もアイドル活動を続けてきたのだ。アイドル衣装が似合わないわけがない。まさに適役というやつである。

カントクも同じように思ったようで、「いいんじゃないか」とOKを出していた。

助監督が「よろしいですか？」と確認を取り、カントクが「じゃあ写真を」と指示を出す。

かなも「はい」と頷き、衣装写真を撮る流れとなった。

部屋にコンコン、とノックの音がしたのは、そのときだった。

ドアを開け、顔を出したのは、プロデューサーの鏑木である。「あ、ちょっと」と、アクアとカントクを手招きしている。

いったい何の用だろうか。

※

「昨日の夜遅くに、マネージャーから連絡があったよ。黒川あかねが、アイ役を辞退するって」

　廊下の壁に背を預け、鏑木は告げた。

　主演女優が辞退する。これは映画の制作にとってみれば、普通は一大事だ。カントクにとっても青天の霹靂《へきれき》だったようで、アクアの脇で「え」と呆気《あっけ》に取られていた。

　一方、鏑木はそのまま、平然とした様子で続けた。

「苺プロからも連絡があった。星野ルビーが『どうしてもこの役をやりたい』と言っているそうだ」

　カントクは、眉をひそめている。

「じゃあアイの役は……」

「星野ルビーに決定だ」

　そんな鏑木の言葉に、カントクは小さくガッツポーズを決めていた。彼はもともとルビーを推していたのだから、その反応もわからなくはない。

　しかしアクアは、この報《しら》せを喜ぶ気にはなれなかった。内心で、深いため息をついてしまう。

　あかねの言葉は正しかったようだ。やはり、こういうことになってしまった。結局、斉藤夫妻はルビーを止めることができなかったのだろう。

ルビーがこの映画に出るとなれば、厄介事《やっかい》に巻きこんでしまう可能性が高くなる。あいつを守るためには、どうすればいいのか――。アクアは必死で頭を捻った。

10　ヒカル

タブレットでニュースサイトをスクロールしていると、ふとある記事に目が留まった。

――伝説のアイドル・B小町のアイの実録映画『15年の嘘』制作決定。

――アイ役は、実子の星野ルビー。

神木輝は、思わず感嘆のため息を漏らしていた。

「へえ……楽しみだな」

アイやその子供たちには、浅からぬ因縁《いんねん》がある。あの子供たちが、どういう意図でこの映画を作り上げようとしているのか、ヒカルの胸には興味が湧き始めていた。

――『お母さんが大切にしていたもの、この映画を通して伝わってくれたら嬉しいです』（B小町・星野ルビー）

このところ星野ルビーの名前は、よくテレビやネットでも目にするようになってきた。あの少女は、確実にアイの遺伝子を継いでいる。今はまだ雛鳥《ひなどり》にすぎないが、いずれ大きく羽ばたいていく才覚を感じる。間違いなくスターの器《うつわ》だった。

あの少女を壊したとき、自分はなにを思うのだろうか。己の血を分けた娘の命は、自分にどんな絶望をもたらしてくれるのだろうか。

ヒカルはその瞬間を想像し、ぞくぞくと胸のうちに熱いものが湧き上がってくるのを感じていた。

四章

1　アクア

そしてついに、『15年の嘘《うそ》』、撮影開始《クランクイン》の日がやってきた。

最初に撮影されるシーンは、アイが喫茶店で、斉藤壱護《さいとういちご》のスカウトを受ける場面だった。

伝説のアイドルの伝説が、まさに始まった瞬間。まずはそこからカメラを回すというわけだ。

スタッフと機材でごった返している喫茶店に、「ルビーさん入られまーす」と、演出部の女性スタッフの声が響いた。

「おはようございます。今日から、よろしくお願いします」

斉藤壱護に連れられて、ルビーが現場に入ってくる。

彼女は今、黒髪のウィッグを被っていた。その長いウィッグの髪を二つ結びのお下げにして、地味な服を身に着けている。量販店のワゴンで売っていそうな安っぽいTシャツに、はき古したジーンズだ。これは、スカウトを受けた当時のアイと同じ見た目らしい。

撮影場所の喫茶店も、アイの見た目も、すべて斉藤壱護からもたらされた情報に基づいている。当時のアイを知るのは、彼以外にいないからだ。

ルビーが主演女優として名乗りを上げたのをきっかけに、苺《いちご》プロも全面協力してくれることになった。大事な娘が望んだことだから仕方ない、というスタンスなのだろう。

ミヤコも半ば不承不承ながら、なんだかんだ前のようにアクアの世話を焼いてくれるようにはなっていた。斉藤が間に入って、とりなしてくれたおかげでもある。アクアたちがこの映画を作ることも、彼女なりに納得してくれたようだ。

アクアは、ちらりとルビーに視線を向けた。こうして直接会うのは、ルビーが家を飛び出していって以来のことだ。

しかしルビーは、一切アクアと目を合わせようとはしなかった。硬い面持《おもも》ちで、じっと喫茶店のカウンターのあたりを見つめている。

カントクが、ルビーに声をかけた。

「緊張してるか？」

「んー……そんなに」

「じゃあ、よろしく」

カントクは、ルビーを見つめて小さく笑みをこぼしている。どこか昔を懐かしむような表情だ。

そんなルビーは、助監督に「ルビーさん、お願いします」と声を掛けられ、喫茶店のソファー席へと向かった。

「では皆さん、本日、『15年の嘘』、クランクインです！　よろしくお願いします！」

助監督の気合いの入った挨拶《あいさつ》が告げられ、スタッフたちが「よろしくお願いします」と拍手で応《こた》えた。

ついに撮影の始まりだ。現場が、そこはかとなく緊張感に包まれる。

ソファー席に座るルビーも、少し強張《こわば》ったような顔つきをしている。ルビーにとってはこれが初めての演技なのだ。緊張しないはずがない、とアクアは思う。

そのときふと、彼女の手元でキラリと光るものが見えた。なにかを握りしめている。よく見えないが、お守りのようなものだろうか。

アクアが首を傾《かし》げていると、カントクの声が現場に響き渡った。

「じゃあ、段取りやろう」

段取り入りまーす、とスタッフたちが反応し、アクアもはっと気を取り直した。とりあえず今は、撮影に集中しなければ。

※

「よーい、はい」とカチンコが打ち鳴らされた。

カメラが、ソファー席に向けられる。モニターには、アイ役のルビーが、斉藤役の俳優から名刺を受け取ったシーンが映し出されていた。

「『アイドル？　私が？　ウケる』」

「『君なら確実にセンターを狙える。俺が保証するよ』」

「『やめといた方がいいと思うな～。私、施設の子だよ？』」

ルビーは台詞《せりふ》と共に、名刺を相手につき返した。

アクアが見ている限り、今のところ演技にそう大きな問題はないようだ。ルビーは初心者とは思えないくらいによくやっている。

「『ま、そういう生い立ちもひとつの個性だ』」斉藤役の俳優が告げた。「『そもそもアイドルなんて、まともな人間がやる仕事じゃないからな。むしろ、向いてるんじゃないか』」

「『でも私、人を愛した記憶も、愛された記憶もないんだよ。そんな人間が、みんなから愛されるアイドルになれると思う？　ファンを愛せるわけないよね』」

本物である斉藤は、アクアの隣で、食い入るようにモニターを見つめていた。

ルビーを心配しているのだろうか。最初はそう思ったが、どうもそうではないようだ。斉藤はまるで、微笑《ほほえ》ましいものを見るように目を細めていたのである。

斉藤は小さく、唇を動かしていた。

「……俺には、本当は誰かを愛したいって言ってるように聞こえるけどな」

それは台本上の斉藤壱護とまったく同じ台詞だった。もしかしたら斉藤は、モニターの中のルビーと、かつてのアイを重ねているのかもしれない。

2 ヒカル

ヒカルが星野《ほしの》アイと出会ったのは、十四歳の頃だった。劇団ララライが主催する、ワークショップでのことだ。

あの日は確か、課題として青春スポーツものの寸劇をやっていた。劇団演出家の金田一《きんだいち》が、何組かの演技を見たのち、彼女の名を呼んだ。

「はい、じゃあ次、アイ!」

アイは、返事もせずにその場から立ち上がった。

歳《とし》は自分と同じか、少し上くらい。どうやら新人アイドルらしい。その瞳は、まるで宝石のように綺麗《きれい》だったことを覚えている。見る者を魅了する、天性の眼差《まなざ》しだ。

なのに彼女は特に楽しくもなさそうな顔で、ゆっくりと舞台中央に進んでいく。そんなアイの姿に、ヒカルは少し興味がわいていた。

嘘つきの匂い。本心を偽《いつわ》ることで世の中を渡っている、歪んだ人間特有の匂いだった。もしかしたら金田一も、アイとヒカルに、似たような印象を抱いたのかもしれない。続けて「んー……ヒカル」と名を呼んだ。

「はい、やってみて」

カミキヒカルは「はい」と返事をして立ち上がり、舞台の中央へと進み出た。至近距離からアイと向かい合う。

宝石の瞳が、じっとヒカルを見つめていた。

※

アイがヒカルに声をかけてきたのは、その課題が終わった後だった。

「ご飯食べないの？」

ヒカルはそのとき稽古場の外の階段に座り、ペットボトルの水を飲んでいたところだった。

昼食を食べなかったのは、単にそういう習慣だったからだ。食べないことに慣れていただけである。

ヒカルは「持ってきてない」と、アイに素直に答えた。するとアイは、にこりと笑い、ヒカルの隣に腰かけた。「じゃあ、あげる」と紙袋を差し出してきた。

紙袋の中身は、手作りのおにぎりだった。丁寧に海苔《のり》で包まれた三角形は、作るのに手がかかっているように思える。愛情も栄養も、たっぷり詰まっているようだ。

「キミは食べないの?」

ヒカルが問うと、アイは「うん」と苦笑した。

「社長の奥さんに持たせてもらったんだけど、実はお米って苦手なんだよね」

「なんで?」

「お米って柔らかいじゃない?」アイは、どこか遠くを見るような視線で語り出した。「だから、もし、砂とかガラスとかが混ざってて、ガリッてなったら怖いから」

変なことを言う女の子だ。ヒカルはそう思ったものの、変なのはヒカルも同じである。だから深くは追及しない。「そう」と相づちを打つだけにとどめた。

その代わり、ヒカルは別の行為でアイに応えた。

彼女の頬《ほお》に、軽く口づけをする。

アイは「え……?」と意外そうに目を丸くしていた。どうして自分がキスをされたのか、まるでわからない。そんな様子だった。

ヒカルは「お礼」と呟《つぶや》いた。

女性に好意を伝えるときは、肉体的な接触をすればいい。そうすれば相手は喜ぶ。この劇団に入ってから、ヒカルが学んだことだ。この頃は、本気でそれが正しいことだと考えていた。

アイはヒカルを変な目で見つめた。

ヒカルは特にそれを気にせず、おにぎりにかぶりついた。ほんのり利いた塩味が、すきっ腹に染みわたったのを覚えている。

※

この頃のヒカルのお気に入りの場所は、劇団の古い倉庫だった。

使われなくなった小道具や脚本の山に囲まれて、台本を頭に入れる。次回の公演も近い。こういう空間で台本を読んでいると、集中力が増す気がしていたのだ。

「『それが最後の課題かい？　だったらお安い御用さ。この世にオサラバして天国に行くためなら、いくらでも祈るよ』」

ヒカルがひとりで台詞を音読していると、背後に人の気配がした。

「お疲れ様」

倉庫にやってきたのは、姫川愛梨《ひめかわあいり》さんだった。劇団ラライの先輩役者で、看板女優のひとり。かつては朝ドラの主演にも抜擢《ばってき》され、一世を風靡《ふうび》したほどの実力の持ち主だった。

「お疲れ様です」

そう返すと、愛梨さんは笑みを浮かべてヒカルの方に近づいてきた。手にしたバッグを横に置き、ヒカルのすぐ傍《そば》に腰かける。

彼女は「ん？」とヒカルの台本を覗《のぞ》きこんだ。

「あんまり根を詰めないようにね」

「ありがとうございます」

ヒカルが頭を下げると、愛梨さんの手が、すっとヒカルの背中に触れた。その手はヒカルのトレーナーの裾《すそ》から、直《じか》に素肌へと触れてくる。

愛梨さんの手でゆっくりと肌を撫《な》でられ、ヒカルは息をのんだ。

また、愛梨さんの悪戯《いたずら》が始まったのだ。

ヒカルのように年端も行かない少年に性愛を感じる嗜好《しこう》の持ち主は、世の中に少なからずいる。彼女もまたそのひとりだった。愛梨さんは以前から何度も、こうしてヒカルの身体《からだ》を弄《もてあそ》んでいたのである。

「演技のことなら、なんでも聞いて」

愛梨さんはヒカルの身体を愛撫《あいぶ》し続けながら、愉《たの》しげに笑ってみせた。その妖艶《ようえん》な笑みは、かつての朝ドラのヒロインのものとは到底思えない。

愛梨さんの手や舌は、まるで飢《う》えた蛇《へび》のようにヒカルの全身をまさぐっていた。ヒカルを構成する細胞のすべてを、余すところなく自分色に染めようとしているかのようだ。もはや身体だけではなく、心まで汚されているような感覚である。

気色悪い――そうは思ったものの、ヒカルにはこの行為を拒むことはできなかった。ただ息を止め、彼女の悪戯を黙って受け入れることしかできなかったのである。

こんなものは、愛ではない。それは十四歳の自分でもわかる。

それでも、愛梨さんはヒカルを大事にしてくれていた。なにも持たない自分が他人に必要とされるためには、自分の気持ちに嘘をつくしかない。

結局は、舞台の上と同じなのだ。

自分はただ、〝周囲の求めるカミキヒカル〟を演じるだけ。割り切らなければ、見向きもされなくなる。

結局その日、愛梨さんは、日が落ちるまでヒカルを手元から離そうとはしなかった。家まで送るという名目でヒカルを車に連れこみ、そこでまたさらに行為を続けていた。

運転席に座る愛梨さんは、助手席に座るヒカルの身体を抱き寄せ、その首筋に手を回してきた。思うさま唇を吸われ、口内に舌をねじこまれる。

夜の駐車場でこういうことをされるのも、初めての経験ではなかった。

嫌だという感情は、極力表に出さないようにする。ただ時間が過ぎてほしい、早く終ってほしいと願いながら、ヒカルは愛梨さんの玩具《おもちゃ》としての立場に甘んじていたのだった。

アイと目が合ったのは、そのときだった。

ワークショップの帰りだったのだろう。彼女は建物の裏口から出てきたところで、ヒカルと愛梨さんの情事を目撃してしまったのである。

アイは呆然《ぼうぜん》とした表情で、車内にいるヒカルのことをじっと見つめていた。大きな目が、さらに大きく見開かれている。

見られてしまった——。ヒカルは愛梨さんの接吻《せっぷん》を受けながら、ぼんやりと考えていた。あの少女は、ここで目撃したことをどうするつもりだろうか。

愛梨さんには家族もいる。もしもこの不貞《ふてい》関係が世に公表されたら、彼女のキャリアは確実に終わる。同時に、ヒカルもまたこの劇団にはいられなくなるだろう。

まあそれもいいか、とヒカルは思った。

どうせ自分は空っぽの人間なのだ。もともと親にも愛されず、愛するものもない。なにを失ったところで、痛くも痒《かゆ》くもないのだから。

しかし意外なことにその後、ヒカルはなにひとつ失うことはなかった。

それどころかあのアイという少女は、傷ついたヒカルを受け入れ、優しく抱きしめようとしてくれたのである。

※

アイが「ねえ」と口を開いた。

ヒカルは「何?」と尋《たず》ねる。

ふたりで並んで寝ころび、倉庫の天井を見上げる。ベッド代わりにしているのは、ラグを敷いた衣装箱だ。

愛梨さんのときとは全然違う、とヒカルは思った。愛梨さんの行為が一方的な搾取《さくしゅ》だとするなら、アイの行為は、心をこめてヒカルを理解しようとするものだった。

穏やかな空気を感じる。ほんの少しだけ、こういうのも悪くない、と思えるくらいに。

アイはむくりと上体を起こし、ヒカルに目を向けた。

「キミは、誰かを愛したり、愛されたことはある?」

「一度もないかな」

ヒカルが答えると、アイは「同じだぁ」としみじみ呟いた。口調こそ軽いものの、彼女もまた人には言えない辛《つら》い人生を歩んできたというのは推察できる。

だからこそ、こうしてアイはヒカルを慰めようとしてくれたのだろう。同類相哀れむという感覚で。

同じか——とヒカルは小さく鼻を鳴らした。ヒカルとしては、本当にこの少女が自分と同類なのかは、まだ疑問の余地があるところだった。

アイには、こうしてひとに手を差し伸べられる情がある。対するヒカルには、そんな人間らしい感情はない。仮に他者を大切にすることがあるとしても、それは打算的なものにすぎないのだ。

ヒカルはもっと、根本的なところで壊れているのだ。アイには、それがわからないのだろう。

アイは、ヒカルに水の入ったペットボトルを差し出した。

ヒカルは受け取ったペットボトルに口をつけるでもなく、そのまま床に放り投げた。怒りや苛立《いらだ》ちを感じていたわけでもなく、ただなんとなく、衝動的に状況を破壊してみたくなった――それだけの理由である。ヒカルにとっては、よくあることだった。

ペットボトルが床に転がり、中に入っていた水が床を濡《ぬ》らす。

しかし、アイは特に表情を変えることはなかった。驚く様子すらなく、床にこぼれた水を、じっと見つめている。

「私たちは空っぽで、こういう形でしか交われないのかもしれないね……」

空っぽ。その表現に、ヒカルはどきりとさせられる。まさにヒカルは空っぽの人間だ。ただ一夜を共にしただけでそれを見抜いたアイの洞察力は、まんざら捨てたものではないのかもしれない。

彼女に対する興味は、ヒカルの中でますます大きくなっていた。

※

それからしばらく、ヒカルとアイの交流は続いた。

ヒカルは相変わらず劇団ララライで代わり映えのない日々を送っていたのだが、その一方で、アイは大躍進を遂げていた。新進気鋭のアイドルとして、幅広い層から支持を得るようになっていたのである。ふたりで会うにも、人目を避ける必要があるくらいだった。

アイから妊娠の事実を告げられたのは、ちょうどその頃だった。

『あ、もしもし、今病院から帰ってきたよー』

ヒカルは通話口に向かって「そう」と相づちを打った。

アイからの電話は、宮崎からだった。彼女が妊娠検査のためにわざわざ地方まで飛んだのは、スキャンダルを避けるためだと聞いている。

彼女は現在、体調不良ということでアイドル活動を休止している。それが表向きの理由だと知っているのは、彼女の事務所の関係者を除けば、ヒカルくらいのものだろう。

『赤ちゃん、双子だった』

どこか嬉《うれ》しそうな口調で、アイは言う。

子供を持つということは、そんなにいいことなのだろうか——と、ヒカルは思う。

少なくともヒカルは、かつて愛梨さんから「大輝《たいき》はあなたの子供なのよ」と聞かされたとき、あまりいい気分はしなかった。まるで見えない鎖を、首に巻き付けられたような感覚に陥《おちい》ってしまったのだ。

自分は一生、この女性に束縛されることになるのかもしれない——と。

しかし、アイに同じことを告げられても、不思議と愛梨さんのときのように嫌な感情が湧くことはなかった。むしろ、微笑ましいものを感じる。

自分たちは似たもの同士。ヒカルもアイも、同じく空っぽの人間だからかもしれない。

自分を理解できるのは彼女だけ。その逆もまた然《しか》りだ。

結婚という言葉が脳裏をよぎる。もしも人生を一緒に歩んでいけるとしたら、おそらくそれは、この世でアイだけだろう。

だが、そんなアイの口から出たのは、ヒカルが予想だにしない言葉だった。

『いろいろ考えたんだけどさ……私ひとりで育てるよ』

「え？」

『こっちは大丈夫だから。じゃあね』

アイはほとんど一方的にそれだけを告げ、電話を切ってしまった。「ツーツーツー」という音が、受話器から無情に響いている。

ひとりで育てる。それはアイが、ヒカルとこの先の人生を歩んでいくつもりはないという意思の表明だった。つまるところ、明確な拒絶である。

ヒカルは受話器に向かって、「なんで……」と独りごちていた。

暗い気持ちが、胸に広がっていくのを感じる。それが絶望という名の感情であることを知ったのは、しばらく経《た》った後のことだった。

※

結局アイは、その言葉通りにひとりで双子を産んだ。

事務所の社長夫婦に助けられながらも、アイドルと子育てを両立しているらしい。ヒカルと顔を合わせる機会も、今やほとんどなくなっていた。

月日の経つのは驚くほど早い。姫川愛梨も不幸な出来事でこの世を去り、ヒカルは束縛から自由になっていた。古巣の劇団ララライからも、すでに離れている。

双子が生まれてから、五年ほどが経った頃合だった。

その日、ヒカルとアイはレトロな喫茶店で待ち合わせをしていた。待ち合わせといっても、同じ席に座るわけにはいかない。隣り合わせのボックス席にそれぞれ背中合わせに座り、目を合わせずに会話をする。パパラッチを避けるためには、そうせざるを得ないのだ。

ヒカルの真後ろに、地味な帽子とパーカーで変装したアイが座っている。彼女はストローでクリームソーダをすすりながら、小声で呟いた。

「子供たちに、一度会ってみてほしい」

ヒカルは「どうして?」と聞き返した。「ひとりで育てる」とヒカルを拒絶したのに、いまさらどうして。

アイはいつもの調子で、事もなげに続けた。

「私が子供たちに感じた感情を、キミにも感じてほしいなーって」

「感情って？」

ヒカルが尋ねると、アイは「んー」と言いよどんだ。「あんまりうまく言えない」

アイが言おうとしているのは、実の子供に対して湧き上がる愛《いと》しさとか、ありがたみとか、そういう類《たぐい》の甘ったるい感情のことだろう。

なんとなく癇《かん》に障《さわ》る。母親として満たされたアイが、いまだ空っぽなヒカルに向けて、「こうすればキミも満たされる」と指図しているようにも思えるのだ。

要するに、幸せのマウンティングだ。その上から目線が気に入らない。

彼女と人生を共に歩もうと思ったことなど、しょせんは気の迷いだったということだ。

ヒカルはため息をつき、席を立ちあがった。

「たぶん、僕には必要ないかな」

それだけを言い捨て、ヒカルは喫茶店の出口へと向かった。

残されたアイが「そっかー……」と寂しそうに呟くのを、完全に無視して。

喫茶店を離れ、ヒカルはひとり埠頭《ふとう》を訪れていた。

東京湾のさざ波を見ながら、携帯電話を懐《ふところ》から取り出す。そろそろ、自分とアイとの関係を終わらせる時期が来たのかもしれない。

どうせ終わらせるならいっそのこと、徹底的に楽しく壊すのもいいだろう。

携帯電話の電話帳から選んだのは、『菅野良介《すがのりょうすけ》』の名前だった。通話ボタンを押して、待つことわずか三コール。リョースケもまた、こちらからの連絡を心待ちにしていたのだろう。

「久しぶりに、アイに会ったよ」

ヒカルは、薄く笑みを浮かべた。

3　アクア

「『久しぶりに、アイに会ったよ』」

星野アクアは携帯電話の通話口に向かって、その台詞を告げた。

ここは東京湾を臨《のぞ》む、埠頭の撮影現場である。映画『15年の嘘』の撮影は、ついに佳境に差し掛かろうとしていた。アイの死に関わる真犯人──〝少年A〟が、いよいよ実行犯に殺害を教唆《きょうさ》するシーンである。

アクアは全身全霊で、〝少年A〟に向き合っていた。あの男は、自分たちの父親であり、憎むべき殺人者である。そのイカレた精神を、可能な限りこの映画で再現してみせるのだ。

アクアには、有馬《ありま》かなのような天性の表現力も、黒川《くろかわ》あかねのような役柄を憑依《ひょうい》させる力もない。役者としての才能など、つゆほどもないことは自分でもわかっている。

ただひとつ、アクアの中に他の演者を凌駕《りょうが》する要素があるとすれば、それは暗く歪んだ怨嗟《えんさ》の感情である。使えるものは全部使えと、カントクにも言われているのだ。あの男を理解し、演じるために、己の抱く憎悪の念を利用することにしている。

乾いた薄笑いを浮かべながら、アクアは告げた。

「『そう。君の心を踏みにじった、あの女だよ』」

カントクの「カット！　ＯＫ！」という声が現場に響く。どうやら今のところ、アクアの演技はそれなりに高く評価されているらしい。

もう少しだ、とアクアは思う。このまま終幕まで走り切ることができれば、目的は果たせる。あの男に、死にも等しい苦しみを与えてやることができる。想像の中で何度殺したかわからないあの男に、ついに引導を渡すことができるのだ――。

アクアがそんなことを考えていると、ふとカントクの視線に気がついた。

カントクは恐ろしいものでも見る表情で、アクアをじっと見つめている。まるで、夜道で殺人鬼にでも出くわしたかのような顔だ。

そんなに自分は、変な顔をしていたのだろうか。アクアはカントクの視線から逃げるように、休憩用の椅子《いす》へと向かった。

※

深夜のバスターミナルには、冷たい小雨《こさめ》が降りそぼっていた。暗くじめじめとした雰囲気が、あの男の内面を表現するにはちょうどいい。悪くないロケーションだ、とアクアは思う。

雨具を着こんだ助監督が、「まもなく本番です！」と現場に声をかける。頷《うなず》く他のスタッフたちも、準備万全といった状況である。撮影現場の空気は、クライマックスに向けて張り詰めていた。

アクアもまた、〝少年A〟を演じるために呼吸を整えていた。自分は血も涙もない人間。心臓を氷のように凍らせる。

カントクは出番を待つアクアに近づき、「いいな」と告げた。

「嘘を真実だと思わせる力。人を騙《だま》す眼。お前が演じているのは、他人を操り、他人の人生を壊す異常者だ。あのストーカー野郎に、本気でけしかけろ」

カントクに肩をぐっとつかまれ、気合いを入れられる。言われなくてもそのつもりである。アクアは、この映画に関して妥協するつもりは毛頭なかった。

カントクはスタッフたちのもとに戻り、「本番行くぞ！」と叫んだ。スタッフたちも、「はーい！」と大きな声で返事をする。

「よーい」というカントクの声で、現場は静寂に包まれた。スタッフたちの息をのむ音が聞こえてくるようだ。

カントクが「はい！」と指示をし、カメラの前でカチンコが打ち鳴らされる。シーン撮りが始まったのだ。

アクアは〝少年A〟として、アイのストーカー・リョースケ役の俳優と対峙《たいじ》していた。フードを目深《まぶか》に被ったリョースケ役は、雨に打たれながら陰鬱《いんうつ》な表情で俯《うつむ》いていた。カントクの演技指導の甲斐《かい》あって、なかなか感じを出してくる。まさに人を殺しかねないストーカー、といった雰囲気だ。

アクアはそんなリョースケ役に向かって、穏やかな口調で台詞を告げた。

「『アイ、笑ってた……。私はアイドルとしての幸せも、母としての幸せも、両方手に入れたんだって』」

リョースケ役は項垂《うなだ》れ、怒りに両手を握りしめている。

アクアは彼に近づき、その胸元に手を添えた。〝少年A〟として、リョースケの理解者としての立場を示す。

「『アイは、大勢のファンを裏切って、キミの心をズタズタに傷つけた。その上、アイツはキミを殺人者にして、キミの人生を壊した』」

雨の降る夜空を仰ぎ、アクアはにこりと笑みを作る。あの男もきっと当時、こんな絶望的な笑みを浮かべていたはずだ。

自分は今、アイを死に至らしめるための言葉を吐いている。いくら演技だとわかっていても、胃がねじ切れそうなほどの不快感を覚えていた。

しかし、これが自分の進むべき道なのだ。アイが死んだあの日から、復讐《ふくしゅう》のためにすべてを捧げる覚悟で生きてきたのだから。

「『自分だけ幸せになるなんて、許されるわけがないよね』」

それはリョースケへの台詞でもあり、自分に対する戒《いまし》めでもあった。

アクアの目の前で、リョースケ役が大きく頷いた。その瞳孔《どうこう》はかっと見開き、唇をぶるぶると震わせている。迫真の怒りの演技だ。

「『アイは罰を受けるべきだ。すべてを失うほどの』」

彼は何度もコクコク頷いてみせた。この時のリョースケは、〝少年A〟によって思考を誘導されている。役者の演技は、それを十分に示していた。

アクアは、リョースケ役に顔を近づけた。その耳元にささやくように告げる。

「『キミには、アイを罰する権利と義務がある』」

リョースケ役が、ごくりと喉《のど》を鳴らした。リョースケが、アイに対する殺意を固めるシーンだ。

〝少年A《アクア》〟はニッコリと笑って、リョースケ役の背を押した。我ながら、吐き気を催すような笑みを見せられたと思う。

カントクの「カット！　ＯＫ！」という声が響き、アクアはふっと息をつく。

シーン撮りを終えてもなお、不快感が肚《はら》の中で渦を巻いているような気がした。あの男のどす黒い悪意が、いまだ身体全体にこびりついているのを感じる。

すべての元凶、カミキヒカル――今ごろあの男は、どこでどうしているのだろうか。

4　鏑木

鏑木《かぶらぎ》勝也《まさや》はちょうどその頃、高級ホテルのラウンジで商談を行っていた。完全会員制で、コーヒー一杯飲むにもそれなりの値が張る場所である。

鏑木が出資者と大事な相談をするときには、あえてこういう場所を使う。見た目や体面で金を動かすのが、業界人という人種の特徴であることを知っているからだ。

そして今日の商談相手は、『15年の嘘』の企画を成立させる上でも、特に重要な人物だった。

カミキヒカル。劇団ラライの元団員で、今では複数の企業を運営するやり手の実業家である。彼は小洒落《こじゃれ》たモノトーンのシャツを身にまとい、鏑木の向かい側の椅子に深く腰掛けている。

「まさか、出資に名乗り出てくれるとはね。予算もギリギリだから、ありがたいよ」

鏑木が言うと、カミキヒカルは薄っすらと笑みを浮かべた。

この男から出資の連絡が来たのは、数日前、映画情報が公開されたのと同じタイミングだった。ぜひあなたの映画に出資させてほしい——と、メッセージが届いたのだ。

出資自体は確かにありがたい。それは鏑木の偽らざる本音だった。

だが同時に、疑念も生まれた。カミキヒカルには、なにか魂胆《こんたん》があるのではないかと。

「でも、わかってるだろ」鏑木は、いくぶん挑戦的に告げた。「この映画がどういうものか。キミを真犯人〝少年A〟と表現している。この意味がわかるかい？」

「ええ、もちろん……」

カミキヒカルは、鏑木に穏やかな微笑みを向けた。

薄気味が悪いな――と、鏑木は思う。

この映画は、ただの商業作品ではない。アイの死の真相を世間に公表し、カミキヒカルを告発するという面もある。星野アクアが実の父親を社会的に殺すつもりなのだということは、鏑木にもわかっている。

カミキヒカルとて、それは気づいているはずだ。本来なら法的手段でもなんでも採《と》って、映画を潰そうとしてもおかしくはない。

それを、潰すどころか出資を申し出てくるなんて――まともな神経でできることではない。この男の考えが、まったく読めない。

いったい自分たちは、なにを敵に回そうとしているのだろうか。

カミキヒカルのブレない微笑みを前に、鏑木はごくりと唾《つば》を飲みこんだ。

5　かな

丸一日かかったライブのリハーサルを終え、自宅の浴室で熱いシャワーを浴びる。汗も疲れもストレスも、一切合切《いっさいがっさい》排水溝に流してしまうのだ。有馬かなにとっては、この時間がもっともリラックスできるひとときだった。

明日に疲れを残さないためにも、早く寝るに限る。かなはタオルで髪を乾かしながら、さっさと寝支度を整えていた。B小町《こまち》の活動と映画の撮影、ふたつを同時にこなすためには、体調と体力の管理がなにより大事である。無理は仕事の大敵だ。

だが、同居人はそうは考えていないようだった。

「『お母さんが私を迎えに来てくれなかったのは……』……『お母さんが……』……『お母さんが私を……』」

ルビーは台本を片手に、リビングでアイの台詞をぶつぶつと呟いていた。

リハーサルから帰宅して以降、ルビーはずっとこの場所でひとり芝居の稽古をしていたのである。もう何時間になるのか、食事中も、かなが風呂に入っている間も、ルビーはずっと台本を手放そうとはしなかった。

集中しているのはわかる。しかしどちらかといえば、切羽詰まっている、といった方がいいかもしれない。

ルビーの顔は青ざめ、全身に玉のような汗が浮かんでいた。こうしてかなが近づいても、まるで気づかないというのは、さすがに問題かもしれない。

「汗すごいわよ」

かなが告げると、ルビーははっと台詞を止めた。ようやく我に返ったようだ。

「あんた、ちゃんと休めてる？　ただでさえ撮影とライブのリハで大変なのに、毎日朝方まで練習して――」

かなの忠告を、ルビーは「大丈夫」と遮《さえぎ》った。かなに背を向け、ソファーに座り直す。

「これくらいのスケジュール、ママは子育てしながらなんでもない顔でこなしてた」

ルビーはふっと息をつき、「私も頑張らなきゃ」と呟いている。

誰がどう見てもオーバーワークだ。今のルビーは、命を削って芸能活動を行っているようにも見える。

しかし、こういう状態で周りが無理やり止めても、かえって逆効果になる。かなはそのことをよく知っていた。かつてかなにも、ムキになって仕事をしていた時期があったのだ。

ルビーの隣に腰を下ろし、諭すように告げる。

「あんまり頑張りすぎちゃダメよ。移動中は意地でも目を瞑《つむ》りなさい。それだけでもだいぶ違うから。元売れっ子子役からのアドバイスよ」

「ありがとう、先輩」

ルビーに視線を向けられ、かなはほっと胸を撫でおろした。他人に素直にお礼を言う余裕があるなら、まだなんとか大丈夫かもしれない。

「じゃあ、明日からの撮影よろしくね。……おやすみ」

「おやすみなさい」

かなは立ち上がり、寝室に向かった。

ルビーはまだリビングで台本に目を落としていたが、あえてもうこれ以上は、なにも言わない方がいいだろう。

とりあえず先輩としての役割は果たした。あとは、あの子たち家族の問題だ。

6　ルビー

翌日の撮影現場でも、ルビーは引き続き台本に没頭していた。

都内の古風な邸宅での撮影である。ここでアイが過去を独白するシーンがあるのだが、ルビーとしては、どうしても演技がしっくりハマらないのだ。ゆうべ遅くまで方向性を考えていたのだが、ピンと来るものがない。

「『私はお母さんに捨てられたの』……『私はお母さんに捨てられたの』……」

ルビーはホールの片隅《すみ》で、何度も同じ台詞を呟いていた。撮影スタッフたちは、準備でホールを慌《あわ》ただしく動き回っている。

もう少しで本番なのに、上手《うま》く仕上がらない。そんな焦りと寝不足による頭痛が、ルビーの頭の中で悲鳴を上げていた。

この程度で音を上げちゃダメだ。ママだってこのくらいの状況、ひとりでなんとかしてたんだから――ルビーはそう自分に言い聞かせて、台本に集中する。

母親に捨てられたアイは、どんな気持ちだったのだろうか。

ルビーの胸に蘇《よみがえ》るのは、前世《さりな》の記憶だ。四歳で発病した天童寺《てんどうじ》さりなは、やがて祖父母の暮らす宮崎の病院に入院させられることになった。

さりなが明日をも知れぬ重い病気にかかったことで、母親の心は壊れてしまった。母親は己の心を守るために、さりなのことを忘れ、仕事に没頭するようになってしまったのだ。

幼いさりなは、担当の看護師さんをつかまえて、その怒りをぶつけたことがあった。

「なんでお母さんは会いに来てくれないの？」

そのときの看護師さんの困った顔は、今も胸に残っている。

結局、天童寺さりなはほとんど母親の顔を見ることがないまま、十二歳でこの世を去ることになった。母親の愛を与えられずに育ったのは、さりなも同じなのだ。

母に愛してほしかったのに、愛してもらえなかった——。そんな前世があったからこそ、星野ルビーは、母の愛《アイ》に縋《すが》ったのだ。アイを前世の母の代替として、満たされなかったものを求めてしまった。

自分が汚い人間であることは、よくわかっている。自分の欲のためにアイを利用するような人間だから、本当の意味でアイを理解することができないのだということも。

それでも、なんとかしなければならない。

スマホの時刻表示を見れば、本番まで残り五分もない。

台本をつかむ手には、じっとりと汗が浮かんでいた。

7　アクア

「だいぶ追いこまれてるみたいよ」

撮影現場の控室である。アクアがペットボトルの水を飲んで出番を待っていると、有馬かなが、困ったような顔を向けてきた。

ルビーについての小言である。

「ちゃんと面倒見てやりなさい。兄貴なんだから」

「ルビーは俺のこと、もう家族だとは思ってないよ」

アクアは床に目を落としたまま、かなに告げた。

頬を張られたあの日以来、アクアはルビーとまともに口をきいていない。家を出て行ったきり連絡も寄越さず、冷戦状態が続いているのだ。

幸い、かなから、ルビーが彼女の部屋で厄介《やっかい》になっているというのは聞いている。むしろ今では、かなの方がよほどルビーに信頼されていると思っている。

当のかなは、呆《あき》れたような目でアクアを見つめていた。

「何言ってんのよ。十月十日おんなじ腹ん中にいた仲でしょ」

そのとき、控室の外が急に騒がしくなった。スタッフたちが、「どうした⁉」「なにがあった⁉」と騒いでいる声が聞こえてくる。

「――ルビーさん、大丈夫ですか⁉」

アクアはその声に、弾かれたように席を立ちあがった。控室を出て廊下を走り、撮影現場のロビーへと向かう。

大階段のところに、スタッフたちが深刻な顔で集まっているのが見えた。その中央にいるのはルビーである。

ルビーは「はあっ、はあっ」と息を荒らげ、真っ青な顔で階段下にうずくまっていた。

「ルビー！」

思わずアクアは叫んでいた。スタッフたちを「すみません！」と押しのけ、ルビーのもとに駆け寄る。

ルビーの額には、大粒の汗が浮かんでいた。苦しげに荒い呼吸を繰り返す様子は、過換気症候群――いわゆる過呼吸の症状に思える。

「おい、大丈夫か⁉　息できるか⁉」

アクアはルビーの肩に手を置き、必死に呼びかけた。たとえルビーがアクアを家族と思っていなかったとしても、アクアにとってルビーは、かけがえのない妹なのだ。

※

ルビーはそれからすぐ、電源が切れたかのようにふっと意識を失ってしまった。アクアはルビーを控室に運び、ソファーに横たえる。

有馬かなに聞けば、ルビーは過密スケジュールと極度なストレスで、このところほとんど休めていなかったようだ。過呼吸を引き起こす状況としては、十分すぎるほどである。

ルビーが目を覚ましたのは、それから三十分ほど経った頃だった。ゆっくりと上体を起こし、周囲の様子を確認している。

「大丈夫か？」

アクアは水入りのペットボトルをルビーに手渡そうとした。

しかしルビーはそれを、片手で払いのけてしまう。ボトルはゴロンと音を立てて床に転がった。強情だな、とアクアは思う。自分が弱っているというのに、まだ怒りは収まらないようだ。

「あんまり無理するな」

アクアがそう告げても、聞き入れるつもりはないらしい。ルビーはアクアに視線すら合わせず、「撮影戻らなきゃ」とソファーから立ち上がった。

しかし、やはり本調子ではないらしい。フラリとよろけ、転びそうになっている。

アクアはルビーの腕をつかみ、支えようとしたのだが、

「触るな！」

ルビーは声を上げて、アクアの腕を振り払った。

そのとき、きらりと光るなにかが床に落ちるのが見えた。どうやらキーホルダーのようだ。ここ最近、ルビーがずっと握っていたお守りである。

そのデザインに、アクアははっとした。そうだ。間違いない。自分はあのキーホルダーを知っている。

ルビーはフラフラとよろめきながらも、控室の出口へと向かおうとしていた。その表情は、鬼気迫っている。

「私はママを完璧に演じ切らなきゃいけないの……。完璧に演じ切って、ママとせんせの仇《かたき》を取るの……！」

せんせ、い、せんせ。ルビーの口からこぼれたその懐かしい呼び名に、アクアは不意に胸がいっぱいになるのを感じた。そして同時に、常々抱いていた疑問にようやく確信を得る。

ああ、やっぱり──と。やっぱりキミは、そこにいたのか。

「一生かけても見つけ出して、絶対にこの手で復讐してやるんだから！」

声を荒らげるルビーに、アクアは「やめろ」と厳しく告げた。

「復讐に囚《とら》われて生きるなんて、自分を不幸にするだけだ……」

「うるさい！」ルビーが目を見開き、アクアを睨《にら》みつける。「アンタに指図される筋合いない！　私たちはたまたま同じところに生まれ変わっただけで、元々はなんの関係もない赤の他人なんだから――」

ルビーの声を遮るように、アクアは「頼むよ！」と叫んだ。自分たちは前世でも、赤の他人なんかではないのだ。

「さりなちゃん……」

アクアがその名を呼ぶと、ルビーが目を丸くした。あの頃とまるで同じ反応だ。

アクアは、優しい声で続けた。

「キミはそんなことをするためにアイドルになったわけじゃないだろう？　あの狭い病室を飛び出して、やっとアイドルになれたんだ。復讐は俺に任せて、キミは星野ルビーとして、アイドルとして生きてくれ」

「なんで？」ルビーの目に、大粒の涙が溢《あふ》れていた。「私がさりなだって知ってるの？どうして病院のこと知ってるの？」

アクアは問いに答える代わりに、床に落ちたキーホルダーを拾い上げた。アイの写真と共に、〝アイ無限恒久永遠推し!!!〟と書かれたそのアクリル製のキーホルダーは、もともとはさりなの持ちものである。

さりなは死の間際に、雨宮《あまみや》ゴローに託したのだ。「私だと思って大事にしてね」と。ゴローはそれを、約束通り肌身離さず身に着けていた。殺されるその瞬間まで、ずっと。

それから十数年が過ぎ、高千穂《たかちほ》の林の中でゴローの遺体を発見したのはルビーだった。キーホルダーはそのときに、彼女の手に戻ったのだろう。

アクアは、ルビーに微笑みを向けた。

「キミが持っててくれたんだな」

「もしかして、せんせなの……？」

ルビーの泣き顔に、あの頃のさりなが重なる。病院で最期《さいご》の別れをしたあの日も、彼女は目にいっぱいの涙を浮かべ、自分《ゴロー》を見ていたのだ。

アクアもまた、目の奥に熱いものがせりあがってくるのを感じていた。

「言っただろ。『アイドルになったら一生推す』って」

ルビーは顔をぐしゃぐしゃに濡らしながら、ぐすりと鼻をすすっていた。アイドルがカメラの前では絶対に見せてはいけない顔。しかし、今のアクアには、その顔がなによりも愛おしく思えてしまう。

ルビーはそのままアクアの方に駆け出し、勢いよく抱きついてきた。

「ずっと……傍《そば》に居てくれたんだね」

ほんのりと温かいルビーの体温に、あの日の感触を思い出す。

――せんせ、だーい好き。

さりなの手が、最後にゴローの頬に触れたあの日。もう一度彼女の笑顔に出会えるなら、何を差し出してもいいと思っていた。

それがこうして、叶ったのである。神様なんていないと思っていたけれど、ほんの少しくらいはその存在を信じてやってもいいのかもしれない。

アクアもまた、ぎゅっとルビーを抱きしめ返した。彼女の流した涙が、アクアの肩口を濡らしている。

アクアとルビーは、前世からの因縁《いんねん》で繋《つな》がっている。

アクアの中身が雨宮ゴローだとわかった時点で、ルビーもこれまでのアクアの行状に納得したのだろう。なぜならゴローもまた、カミキヒカルの謀略《ぼうりゃく》の犠牲者だからだ。復讐する資格は、十分にある。

時を超え、常識を超えた再会は、兄妹《きょうだい》のすれ違いを完全に払拭《ふっしょく》したのだった。

※

次の週には、B小町にとって大きな転機となるイベントが控えていた。

今日の主役は、有馬かなだ。コンサートホールじゅうに〝有馬かな　卒業ライブ〟のポスターが飾られている。普段のライブポスターなら、B小町三人のビジュアルが並んでいるのが普通だが、さすがに今日だけは特別仕様だった。かなの単独ポスターである。

客席を埋め尽くす観客たちも、今日は「かなちゃーん」コールが多かった。精一杯のエールで、彼女を送り出そうとしている。

ファンとの一体感や結束力は、初代B小町時代よりも現在の方が上かもしれない。アクアもそんなことを考えながら、舞台袖《そで》から優しく見守っていた。

この客席の温かい空気もまた、ルビーやMEM《メム》、そして有馬かなの成し遂げてきたことの成果なのだろう。

ステージ上には、純白の衣装を纏《まと》ったB小町の三人の姿がある。白は有馬かなのイメージカラーだ。センターを務めるのも、もちろん彼女だった。

「アイドルとしての有馬かなは、今日でお別れです。自分勝手で本当にごめんなさい」

曲の合間に、彼女はマイクを手に客席へと呼びかけた。感極まっているのか、声が震えているのがわかる。

観客から「そんなことないよ!」「泣かないで!」と応援の声が飛んだ。かなはその言葉をしっかりと受け止め、胸を押さえながら続ける。

「辛い時期もありました。でも……」

嗚咽《おえつ》をこらえるかなを、客席の「頑張れ！」「頑張って！」という声が支える。アクアもまた、かなをじっと見守っていた。

彼女をアイドルの道に引きこんだのは、他でもないアクアである。そんな彼女の最後の晴れ舞台を、自分は見届ける義務がある。そう思ったのだ。

かなは目を潤《うる》ませ、客席を見回した。それから大きく息を吸い込み、

「――本当に、楽しかった！」

と笑う。

会場じゅうから、怒号のような歓声が響いた。B小町のファンたちが、「俺も楽しかった！」「かなちゃーん、ありがとう！」と雄《お》たけびを上げているのだ。

有馬かなは、間違いなくスターだ。アクアはそう思っている。芝居の舞台でなくとも、これだけの人の心を動かすことができるのだから。

「だから今は……今だけは、笑顔で見送ってください」

かなの両脇に、ルビーとMEMが駆けつけた。ふたりとも、目を真っ赤にしてかなの肩を抱いている。客席からは、「もちろん！」のエールと共に温かい拍手が湧き起こっていた。

三人は仲良くステージ上の階段をのぼり、曲のポジションにつく。

「次が最後の曲です」

かなの言葉と共に、照明がブラックアウトする。巨大スピーカーから流れるメロディックなイントロは、「SHINING SONG」だ。この春のヒットチャートを総なめにした、B小町の新たな代表曲である。

暗闇《くらやみ》の中に色とりどりのサイリウムが揺れ、「B小町！」と叫ぶ声が聞こえてくる。

かなにスポットライトが当たり、彼女はダンスと共に軽快な歌詞を口ずさむ。輝く世界へと駆け出すメロディは、まさにかなの旅立ちを表現しているかのようだ。

かなの歌を支えるように、ルビーとＭＥＭが完璧なタイミングで振り付けを合わせる。このステージに至るまで、三人ともかなりの時間を練習に費《つい》やしてきたのだろう。

これが彼女たちの集大成。ルビー、かな、ＭＥＭの三人で歌う楽曲は、泣いても笑ってもこれが最後になるのだ。

ファンも、それを残念がっていることが伝わってくる。怒号のように響く合いの手コールが、Ｂ小町メンバー三人への強い愛を示していた。

アクアもまた同じ気持ちだった。三人の馴れ初《なそ》めから、ずっと傍で見守ってきた愛着もある。彼女たちの努力がしっかりと実を結んだのを見届けられたのは、いちファンとして嬉しい限りだった。

きっと彼女たち自身、満足できるものを残すことができただろう。アクアとしても、これが見られただけでもう思い残すことはなくなっていた。

曲の最後のサビが流れる中、アクアはそっと席を立ちあがっていた。

ルビーもかなもＭＥＭも、きっと上手くやっていける。彼女たちが繋いだ絆《きずな》は本物なのだ。たとえそれぞれ進む道が違っていても、その絆が助けになる。

いい仲間と出会えてよかったな、ルビー――アクアは心の中で呟いた。

観客席からステージに向けられる視線は本物だ。Ｂ小町は今、アイがいた頃に勝るとも劣らないほどのアイドルに成長している。

不意にアクアは、いつか病床で見たさりなの笑顔を思い出した。

――私、来世では絶対アイみたいに生まれ変わるんだ！

あの子はとうとう、前世からの夢を叶えたというわけだ。正直言って、心が震える。星野ルビーはこのまま、まっしぐらに夢に向かって突き進んでいくことだろう。

そして、きっといつかは、母《アイ》をも超える一番星になる。

頑張ったな、さりなちゃん。

アクアはふっと小さく笑って、コンサートホールを後にした。

8　かな

楽屋のテーブルに置かれていたものを見て、かなは「すごーい！」と目を丸くしていた。

いつの間に準備されていたのか、テーブル中央には巨大なケーキが鎮座している。かなの卒業祝いなのか、フルーツがふんだんに盛り付けられた豪華なケーキである。誕生日にも、こんな巨大なケーキを食べたことはない。

〝完全無敵のアイドル　有馬かな〟――巨大ケーキの中央には、かなのアイドルスマイルの写真とともに、そんなメッセージ入りのプレートが飾り付けられていた。

完全無敵とは恐れ多いフレーズだが、これもまあ内輪だけのこと。最後くらいはこういう風に呼ばれるのも、悪くない気分だ。

実際今日のラストライブは、まさに完全無敵といっても過言ではないくらいのパフォーマンスができたと思う。歌もダンスも、全力を尽くしてやりきった。

MEMちょも、「サイコー！」とはしゃぎながら、スマホのカメラを回していた。ユーチューブ用の素材に使うのかもしれない。いい動画になりそうだ。

みんな同じ気分なのだろう。今回のステージは、今までで最高だった。自分たちと客席が、完全にひとつになって盛り上がるようなあの爆発的な感覚。芝居の世界ではそうそう得られない感覚だ。あの高揚感はもう、生涯《しょうがい》忘れることはないだろう。

アクアもそれを感じてくれていたらいいな――と、かなは思う。自分はちゃんと、アイツの推しの子になれていただろうか。

まあスカしたアイツのことだから、聞いてもまともに答えないだろうことは予想できる。せいぜい「悪くないステージだった」なんて、偉そうな感想をこぼすのが関の山だろう。

スタッフたちから花束を受け取りながら、かなは苦笑する。

とりあえずこれで、自分のアイドル活動は終了。これまで世話になったスタッフたちに、「ありがとう！」としっかり感謝を伝えて回る。

なにしろこの業界は、人を大事にしてナンボの世界なのだ。三度の飯より感謝が大事。たとえ自分が主役の卒業ライブだろうと、それは同じだ。裏方のスタッフたちに対して偉そうにふんぞり返っていたら、あっという間に干されてしまう。かなは子役時代の苦い経験から、それをよくわかっていた。

ちらりとＭＥＭちょを見れば、彼女もそこはしっかり理解しているようだった。メイクさんたちに「お疲れ様ですー！」と頭を下げ、会話を盛り上げている。

「ありがとうございます！　観れましたー？　超カワイクなかったですか⁉」

さすが、MEMちょはユーチューブの世界で最前線を戦っているだけのことはある。人を大事にする術《すべ》をよく心得ているようだった。ああいう人間の周りには、放っておいても人が集まるものである。

さて、ルビーはどうしているだろうか。かなが室内を見渡すと、ルビーは隣の小テーブルに突っ伏してしまっていた。純白のステージ衣装のまま、ぼろぼろになった台本に覆《おお》いかぶさるようにして、疲れた顔で、すうすうと寝息を立てている。

そりゃそうか、とかなは思い出した。『15年の嘘』の撮影も、クライマックスにさしかかっている。この子は今、映画にも全力をぶつけなければいけない状況だったのだ。

主役のプレッシャーや台詞入れの大変さは、脇役の比ではない。その合間に今回のライブをやり切っただけでも、賞賛に値する。

寝息を立てるルビーに、かなは自分のコートをかけてやることにした。

ゆっくり休みなさい、とその小さな背中を優しく撫でながら。

かなにとっては、この子のアイドル仲間でいられるのは今日が最後なのだ。スタッフへの挨拶回りくらいは、代わりにやっておいてあげよう。

9　ルビー

映画は、ついにラストシーンの撮影を残すのみとなった。

最後のシーンは、ルビーが小さかった頃、アクアやアイと三人で暮らしたあのマンションで撮影される。アイが玄関でストーカーに刺された、あの日が描かれるのだ。

玄関では撮影スタッフたちが、撮影用の小道具を準備している。

「花、通ります」「あ、花持ってきたよ」「ありがとうございまーす」

助監督が、白い花束を持って室内に入ってきた。アイを殺したストーカーが持っていた花束と、同じ種類のものだ。

正直ルビーは、白い花が好きではなかった。花に罪がないことはわかっていても、嫌な思い出が蘇ってしまうからだ。もしも道端で見つけたら、目を背けているくらいである。

しかし、今日に限ってはそんなことはどうでもよくなっていた。白い花束が目に入っても、ルビーは不思議と動じていなかった。

今のルビーには、そんなことよりも気がかりなことがあったのだ。アイの最期をどう演じればいいのか。アイはいったいどんな気持ちで最期を迎えたのか——その解釈について、悩んでいた。

ルビーはマンションの洗面所に立ち、鏡を見つめた。鏡の中には、黒髪の自分の姿がある。見かけだけなら、あの日のアイに瓜《うり》二つだ。

「『こんなにも、死にたくないと思う日が来るなんてなぁ……』」

ルビーは精神統一しながら、ぶつぶつとアイの台詞を呟いていた。

普通に考えれば、殺された人間が抱くのは、「無念」や「悲しみ」、それから「恨み」といった感情だろう。実際、アクアとカントクが描いた脚本も、演技にそういう感情を乗せることが示唆《しさ》されているように思える。

でも、とルビーは思う。ルビーが演じるのは、アイなのだ。本音や感情を嘘の仮面でひた隠し、当時の業界トップにまで上り詰めた、絶対無敵の嘘つき《アイドル》である。

そのアイが果たして、言葉通りの感情を抱いていたといっていいのだろうか。本当はなにか、違う気持ちを抱いていたのではないのだろうか。ルビーにはどうしても、そんなふうに思えてならなかった。

数日前、黒川あかねにも尋ねられたのだ。「ルビーちゃん、アイさんのシーン、どう演じるの?」と。

あかねは主役こそ降りたものの、初代B小町のメンバー役のひとりとして映画に出演していた。ルビーから見れば、あかねは女優としては雲の上の存在である。アイの役作りについて、相談することも多かったのだ。

ルビーはあかねの問いに、そのときは「まだわからない」と答えた。脚本に従うべきか、それとも自分の直感に従うべきか。そろそろ答えを出さなければならない。

ルビーは鏡の前で、はあ、と大きなため息をついた。

洗面所のドアに、ノックの音が響く。

「失礼します。ルビーさん、そろそろお願いします」

スタッフに声をかけられ、ルビーは「はい」と頷いた。アイのキーホルダーを握りしめ、玄関へと向かう。アイをどう演じるか、ルビーは腹を決めることにした。

ママ、見守ってて——と心の中で告げる。どうか自分のこの選択が、間違いではありませんように。

10　アクア

リビングに設置されたモニターセットの周辺で、撮影スタッフたちはきびきびと準備を進めていた。

「では、本番いきます」「本番です」

「回してください」「回りました」

アクアは監督の後ろに立ち、じっとモニターを見つめていた。

ついにクライマックスの撮影が始まる。映画の成功は、このシーンによって決まるといっても過言ではない。その鍵を握るのは、やはり主演のルビーだ。

アイが死んだあの日、アクアと共にすべてを見届けたルビーなら、きっとやり遂げられる。

どうか上手く、アイの無念を演じてみせてくれ——。アクアはそう願いつつ、固唾《かたず》をのんで現場を見守っていた。

カントクが「本番！」と合図を出すと、スタッフたちも口々に「本番！」と返した。

「よーい、はい！」

カントクの力強い指示で、カチンコが鳴らされる。

撮影開始だ。カメラは、アイのストーカー・リョースケ役の俳優へと向けられた。上着のフードを目深に被り、玄関前で白い花束を抱えている。

それはあの日、アクアが目にしたリョースケと、寸分たがわぬ姿だった。

「『ドーム公演おめでとう。双子は元気？』」

対するアイ役のルビーは、きょとんとした顔でリョースケ役を見つめていた。

彼は花束を床に投げ捨て、ルビーに向けて突進する。その手にはギラリと鈍く輝く包丁。

包丁はルビーの腹へと深く突き刺さり、あたりに血糊《ちのり》をまき散らす。

なにもかもがアクアの記憶の通りに再現されていた。

この光景を直視するのは、アクアにとってあまり気分がいいものではなかった。正直吐き気がする。しかし、アクアがそういう感想を抱くこと自体が、映画がリアリティを得ているという証左でもある。

これだけショッキングな映像なら、確実に観る者の心に刺さる。そして心を揺さぶられた視聴者たちは、必ずや〝少年A〟への憎しみを募らせる。それは、カミキヒカルを追い詰めることになるだろう。

自分のやり方は間違ってはいない。復讐への道をまっすぐに進んでいる。アクアは吐き気をこらえつつ、しっかりと目を見開き、モニターの中で再現される悲劇を見守った。

ルビーは血糊にまみれた腹を押さえながら、リビングへと通じるドアにもたれかかった。

幼い頃のアクア役の少年を胸に抱きしめ、力ない声で呟いた。

「『こんなにも、死にたくないと思う日が来るなんてなぁ……』」

アクアの記憶の中では、アイが同じ言葉を呟いていた。血にまみれた白い肌。弱々しい息遣い。次第に冷たくなっていく体温。アクアはそのすべてを生々しく覚えている。

だからこそ、そのルビーの表情には違和感を抱いてしまった。

「『全部、アイツのせいだ……』」

アイが事切れるシーンである。それを演じるルビーは、優しげな笑みを浮かべていた。そこには、無念の情も、悲しみや恨みの情もない。ルビーはまるで、宗教画に描かれた聖女のように、慈愛と赦《ゆる》しに満ちた微笑みを浮かべていたのである。

アクアは呆然と、モニターの中のルビーの演技を見守っていた。これは脚本の意図とは違う。ルビーは明らかに、自己解釈で演技をしている。

映画の主人公であるアイが〝少年A《カミキヒカル》〟を赦してしまえば、当然、そこに感情移入している観客の側もヘイトを向けづらくなる。それでは映画を通じた復讐という目的が、中途半端になってしまいかねない。

あいつはいったい、なにを考えているのだろう。

しかしカントクはルビーの勝手な演技を止めず、息を殺すようにしてカメラを見つめている。このまま生かすつもりなのだろうか。

ルビー演じるアイは、血だまりの中で、微笑みを浮かべながら絶命した。カメラはゆっくりと引いていき、静かにブラックアウトする。

「カット！　ＯＫ！」

カントクの声が響き、スタッフたちが「ＯＫでーす！」とざわつき始めた。

なんの問題もなくＯＫが出てしまったことに、アクアは呆気《あっけ》に取られていた。

※

撮影からの帰りの車は、ミヤコが出してくれることになった。

アクアは、ルビーと後部座席に並んで座っている。思えば、こうして一緒に帰るのも久しぶりのことかもしれない。

開口一番、アクアは単刀直入に尋ねた。

「どうして、あんな芝居したんだ？」

「ずっと考えてたの」ルビーは静かに口を開いた。「ママはあのとき、何を思ってたんだろう、って。そんなの、どれだけ考えたってわかるはずないんだけど」

ルビーはふっと自嘲《じちょう》気味に笑ってみせた。

この妹が演技の方向性で悩んでいたのは、アクアだって知っている。そのために、身体を壊すギリギリのところで頑張っていたことも。

ルビーは「でも」と続けた。

「ママならきっと、赦すに違いないって思ったの」

ミヤコが、バックミラー越しにルビーの顔をチラリと見た。

ミヤコはなにも言わない。アイとも付き合いの長かった彼女が、なにも異論を挟まないということは、ルビーの考えにも一理あるということかもしれない。

「ママはきっと、アイツを救いたかったんだよ」

救いたかったとは、どういう意味なのか。

アクアが黙って話の先を促《うなが》すと、ルビーは静かに続けた。

「アイツのしたことは、決して許されることじゃない。すべてを明るみにして、断罪されるべきだと思う」

ルビーが、語気を強めてそう告げる。これは、彼女自身の本心だ。対向車のヘッドライドに照らされたルビーの顔には、強い怒りが浮かんでいる。

「でもママは、復讐なんて、ちっとも望んでないと思うんだ……。ママの一番の願いは、私たちが、自分自身の人生を歩むことなんじゃないかな」

アクアはその言葉に、思わずはっとした。

ルビーは、アイを演じることを通して、まっすぐにアイの心と向き合った。それはこの十数年、アクアが忘れていたことだった。

アイのカラッとした性格を考えれば、たしかに復讐を考えるようなタイプではないのだ。彼女はたとえ誰かに嫌がらせをされたとしても、「あーあ、やられちゃった」で済ませてしまうような人間だった。B小町のメンバーたちとの関係も、いつもそんな雰囲気だったはずだ。アイが誰かに仕返しをしようとしたところなんて、一度も見たことがなかった気がする。

アクアはふと気づく。強い復讐心を抱いていたのは、子供《じぶん》たちだけなのだ。なのに自分は、頭からアイも復讐を望んでいると決めつけてしまっていた。故人の考え方を後世の人間が捻《ね》じ曲げるなど、冒瀆《ぼうとく》に等しい行為である。

アクアは、ふうと息をつく。

もう一度、この映画の在《あ》り方を考え直してみるべきなのかもしれない。

11 ミヤコ

アクアとルビーを送り届けたその夜も、斉藤ミヤコはまだリビング兼事務所で作業を行っていた。

映画の撮影は大方が終了したとはいえ、解決すべき問題はまだいくつも残っている。芸能事務所の社長職というのは、まったく心が休まる暇はないのだ。

ミヤコがため息をつきつつタブレットに目を落としていると、玄関先から「ただいま」と声が聞こえてきた。

「あー、疲れた」

壱護だった。外回りから戻ってきたらしい。

壱護がこの家に戻って以来、メディア関係や他の芸能事務所などとの対外的な折衝は、すべて彼に任せることにしている。おかげでだいぶミヤコの仕事も楽になったものだ。もちろん、それですべてのストレスが解消されたとは言わないが。

壱護はリビングに入ってくるなり、ミヤコの顔を見て首を傾げた。

「……どうした？　なにかあったか？」

ミヤコは「あぁ……」とタブレットから顔を上げた。

「アクアのアンチ。この一週間、朝から晩まで。殺害予告まがいのＤＭまで来てる」

手元のタブレット画面には、苺プロ公式のＳＮＳアカウントのＤＭページが表示されている。そこには、「アクア消えろアクア消えろアクア消えろ」という文字列が、ひしめき合うようにびっしりと並んでいた。

送り主が何者かはわからないが、かなり執念深いことだけは明らかである。まったく同じアンチコメントを、呪詛《じゅそ》のようにきっかり三十分置きに送ってきているのだ。

驚くべきことにその送信には、自動化ツールが使われた形跡はない。すべて手作業で送っているのだ。そんなこと、相当の悪意がなければできない芸当である。

画面を見た壱護も、呆れたように眉間《みけん》に皺《しわ》を寄せていた。

もちろん芸能人にアンチがつくこと自体は、別に珍しい話でもない。特に、アイの秘密の暴露以降、アクアは若手俳優の中でもナンバーワンの注目株である。急にアンチが湧いたとしても、それほど不思議なことではないのだ。

とりあえず映画の件が落ち着けば、このアンチも沈静化するだろうか。今は下手に刺激せず、様子を見るにとどめるのがベストかもしれない。

ミヤコはこのとき、そんな風に楽観的に思っていたのだった。

12 アクア

そして月日は順調に過ぎ、映画『15年の嘘』は完成に至った。

今や街中に広告が流され、テレビやネットでも毎日この映画の話題で盛り上がっている。

これは、鏑木の努力の結果だろう。広告代理店を抱きこみ、ネットのインフルエンサーたちを動かし、話題づくりの下地を整えた。もちろんアクアやB小町の面々も、告知には全面的に協力している。仕込みはバッチリ、というところだ。

映画『15年の嘘』は、ほぼほぼ理想的な形で世に公開されようとしていたのである。

この日は都内の多目的ホールを貸切り、関係者やマスコミ向けの試写会が行われるところだった。

試写会の参加者たちが続々と入場してくる中、アクアは同会場の小ホールにいた。スポンサーの意向で、今回の映画に関する単独インタビューに答えることになったのである。

「――演じることで誰かを喜ばせたいと思ったことは、一度もない」

薄暗いホールの中央で椅子に座り、アクアはひとりスポットライトを浴びていた。

つい先ほどまではミヤコも同席していたのだが、かかってきた電話に対応するためにホールを離れている。

目の前には、カメラを回すインタビュアーがひとりきり。アクアはそのカメラに対して愛想笑いのひとつも見せることなく、淡々と質問に答えていた。

「僕は僕のために演じるし、そこになにを感じるかは、観る人の自由。僕にとって演じることは復讐だ」

アクアの言葉に、インタビュアーは興味深そうに口の端をゆがめた。カメラの電源をオフにして、椅子にゆったりと座り直す。彼は、アクアに対してまっすぐに目を向けた。

「それは……僕への復讐?」

インタビュアー――カミキヒカルは、にこにこと底の知れない笑みを浮かべていた。

アイを死に追いやった真犯人が、このタイミングでアクアに接触してくる。この男の企《たくら》みは読めなかったが、アクアとしては別段断る理由もなかった。真っ向から受けて立つまでである。

「映画、楽しませてもらったよ」カミキヒカルは、感心したような声で告げた。「いやホントに、自分の古いアルバムを捲《めく》ってるような気分になった」

「描かれていることが、真実だと認めるんだな」

「いや、僕はあそこまで気障《きざ》じゃないよ」

カミキヒカルは「ははっ」と鼻を鳴らした。

どこまで本気で喋《しゃべ》っているのかわからない男だった。この男の血が半分身体に流れているというだけで、不愉快な気分になる。

「でもまあ、あの医者のことを描かれるとは思わなかったな。どうやって調べたの?」

「自分の身に起こったことだ。全部覚えてる」

カミキヒカルは表情を変えず、首を傾げた。

この男に生まれ変わりを詳しく説明したところで、どうしようもない。雨宮ゴローは、法的にも生物学的にもすでに死んでいるのだ。この男がその殺害や死体遺棄に関与していたとしても、アクアはゴローの立場で告発することはできない。

加えて事件当時カミキヒカルは未成年。証言や証拠も不足している状況では、法で裁くこと自体が難しい。

この男を破滅させるには、大衆の力を用いるしかない。

アクアは席を立ちあがり、ゆっくりとカミキヒカルの椅子へと近づいた。

「映画が公開されれば、すぐに犯人探しが始まる。アンタがつるし上げられるのも時間の問題だ。とっとと自首することを勧める」

カミキヒカルは「うーん」と首を捻《ひね》った。

「息子であるキミがそう言うなら、そうした方がいいのかもしれないね」

そんなことを言いながら、明るい笑顔でアクアに向き直る。

本当にこの男は、なにを考えているのだろう。悪びれるでもなく、罪から逃れようとするでもなく、自首の勧告を受け入れようとすらしている。まったく捉《とら》えどころがない。人間としての大事なものが、致命的に壊れている——そんな印象だった。

こんな男と話していても、埒《らち》が明かないのかもしれない。それでもアクアには、カミキヒカルに対して聞かずにはいられないことがあった。

「映画が完成した今も、ひとつだけわからないことがある」

「なに？」

「どうしてアイを殺した」

アクアは、カミキヒカルをじっと見据えた。もしも人を視線だけで殺せるのなら、アクアは今、この男の命を確実に奪ったことだろう。そのぐらい強く睨みつけたつもりだった。

しかしカミキヒカルは、その飄々《ひょうひょう》とした調子を崩さない。自分のどこが悪いんだ、とでも言いたげな気安さで、呑気《のんき》にアクアを見上げている。

「殺したっていうか……殺されちゃったんだよねえ」

「全部、お前が仕組んだことだろ！」

胸に怒りが湧き上がる。許されるのなら、今すぐこの場でこの男を絞め殺したいぐらいだ。その衝動を必死で抑えながら、アクアは続けた。

「どうしてアイを殺したのか、答えろ！」

「でも」カミキヒカルは興味深そうに、アクアの顔を覗きこんだ。「キミもいずれ、人を殺すかもしれない」

当然だろう、とアクアは思う。なにしろすぐにでも殺したいほど憎い相手が、目の前にいるのだ。今のアクアがそれをしないのは、ただ殺すだけでは憎しみが晴れないということをわかっているからである。

睨むアクアにふっと笑みを向け、カミキヒカルは椅子から立ち上がった。「んー」と、考えるように視線を中空に彷徨《さまよ》わせる。

「どうして殺したのか？　たぶん自分の『命の重み』を感じたかったから……じゃないのかな」

それはまるで、他人事《ひとごと》のような言葉だった。この男には本当に、アイの命を奪ったことに対する自覚がないのだろうか。

アクアのそんな苛立ちを察したのか、カミキヒカルは薄笑いを浮かべながら「だってほら」と、言い添えた。

「僕は、ずっと演じ続けてきたから。周りの大人たちが求める、『そうあるべき僕』を」

カミキヒカルは軽快な足取りで、先ほどまでアクアが座っていた回答者用の椅子に向かった。そこにゆったりと腰かけ、アクアに真面目な視線を向ける。

「それが、正しいことだったから」

カミキヒカルの表情には、どことなく暗い影が差していた。

アイの遺したビデオレターの中では、彼が育った境遇についても触れられていた。幼い頃からまともな愛を得られずに育ち、欲深い大人たちの犠牲となっていたということも。

周囲から過度の抑圧を受けて過ごしてきた人間は、己の価値を正しく定義することができなくなる。そういう人間は時として、歪んだ自己実現の方法を選択することになるのだ。以前、そういうことを専門書で読んだことがある。

カミキヒカルもまた、歪んでいた。他人を欺《あざむ》き、その思考や行動を意のままに操ることで、他者の人生を破壊する。それが、この男の自己実現の方法だったということだ。そうすることでしか、カミキヒカルは自分の人生の重みを感じることができなかったのである。

しかしだからといって、アクアはこの男に同情する気など一ミリも起きなかった。しょせんは人殺しの言い訳だ。その対象としてアイを選んだことだけは、絶対に許すつもりはなかった。

「でも、アイは『自分も同じだ』って言うんだけど……ちょっと違うんだよね」

カミキヒカルは、ふっと小さく肩をすくめてみせた。

「僕はいつだって正しい嘘をついてきた。キミは嘘をついたことない？　キミが見てきたアイはすべて本当だった？」

哀れだ、とアクアは思ってしまった。この男はただ自分を正当化するために、戯言《たわごと》を重ねているにすぎない。

カミキヒカルは、アイが子供をひとりで育てると言ったとき、拒絶されたと思い込んでしまったのだろう。それゆえにアイを「自分と違う」と定義した。そうすることでカミキヒカルは、己の孤独な心を守ろうとした——それが、アクアなりの考察だ。

だが、その認識は間違っているのだ。

アイはカミキヒカルを拒絶したわけではない。決別を告げたのは単純に、父親であるこの男に迷惑をかけたくないと思っていたからだ。これはアイ本人が、ビデオレターの中で語っていたことでもある。

アイの妊娠が発覚した当時、ただでさえカミキヒカルは、大人たちに翻弄《ほんろう》されて傷ついていた。そんな彼に、アイは子育てという重荷を背負わせたくなかった。

あえて突き放すような言い方をしたのは、なんともアイらしい。

アイの嘘には、常に愛がある。それは先日のルビーの演技で確信したことだった。なにしろアイは、自分が絶命するその瞬間にも、カミキヒカルを赦そうとしていたくらいなのだから。

アイはアイなりに、彼を大切に想っていた。最期の最期まで、ずっと。

哀れな父親は、半笑いのまま椅子から立ち上がった。

「うん。映画が公開されたら、警察に行ってみることにする」

この男なりに、もう状況的に逃げられないと悟ったのだろう。捨て台詞のように「ありがとね」と呟き、アクアに背を向けた。

結局今の今まで、カミキヒカルはアイの真意に気づいた様子はなかった。この男は自分がアイに愛されていたという事実を知ることなく、社会から排除されることになるのだ。悲惨《ひさん》な末路だな、とアクアは思った。

カミキヒカルは振り向きもせず、ひとり小ホールを出ていく。その華奢《きやしや》な背中を見ていると、頭の中を占めていた激しい怒りが、すうっと消え失せていくようだった。

今現在、あの生物学上の父親に対してアクアが感じているのは、呆れと情けなさ、そして幾ばくかの憐《あわれ》みの情である。

結局あの男は、ついぞアイの心を理解できなかった。そんなどうしようもなくつまらない人間でしかなかったのだから。

そもそもあんな男には、復讐する価値もなかったのではないか。アクアはふと、そんなことを考えてしまった。

映画『15年の嘘』は、あの男を社会的に抹殺《まつさつ》するために作り上げたものだ。しかし、自分が愛されていたことすら理解できない人間など、すでに死んでいるようなもの。孤独とはすなわち、社会的な死なのだ。誰かが手を下すまでもなかった。

だったら自分は、なんのためにここまで頑張ってきたのか。

アクアはじっと、カミキヒカルが出て行ったホールの扉を見つめていた。まるで胸の中に、ぽっかりと大きな穴が開いてしまったかのようである。

※

カミキヒカルと会ったことを、アクアは真っ先にアイの墓前に報告した。

郊外の墓地、アイが眠る墓石の前で静かに手を合わせる。もうなにもかも終わった。あとはゆっくり休んでくれ――と。

アクアはそのまま電車に乗って繁華街へと赴き、ブラブラと目的もなく歩き続けた。

思えば、こんな風に街を歩いたのはだいぶ久しぶりのことだったかもしれない。なにしろアイが殺されてからのこの十数年間、自分はずっとひとつの目的に向かって、全力で走り続けてきたのだから。

誰にともなく、アクアは独りごちる。

「俺は復讐のためだけに、この世に生まれ変わった」

ビルのスクリーン広告にはB小町のPVが流れ、駅には『15年の嘘』の告知ポスターが貼られている。それらは間違いなく自分が深く関わって作り上げてきたもののはずだった。

なのに、なぜか今のアクアには、それらが遠い存在のように思えてならなかった。

「アイを殺した犯人を見つけだし、この手で殺すこと。それが自分に与えられた使命だと信じて疑わなかった」

なのに、とアクアは思う。

足は自然と、苺プロの事務所の入ったビルへと向かっていた。冷たい風を求めて、エレベーターで屋上に出る。

東京の乾いた空気が、火照《ほて》った身体を冷ましていく。もうじき冬がやってくるのが、身に染みて実感できる。

慣れ親しんだ街並みを見下ろしながら、アクアは白い息を吐いた。

「俺が追い続けた男は、アイが別れを告げたその意味を理解できなかった、哀れな人間だった」

そもそも復讐なんて、する価値はなかったのかもしれない。アイ自身がそんなことを望んでいなかったというのも、まったくルビーの言うとおりだ。

アイは最期の最期まで、人を愛そうとしていた。ファンたちはもちろん、自分を殺そうとしたリョースケもカミキヒカルでさえも、みんなまとめて、惜しむことなく全身全霊で愛を与えようとしていた。

だからこそ、彼女はあんなに輝いていたのだと思う。ステージの上で歌い踊るアイはいつも綺麗で眩《まぶ》しくて、目を瞑れば今でもまだ色鮮やかに思い出すことができる。

「なあ、アイ」

記憶の中の彼女に、アクアは呼びかける。

「俺はどうして生まれ変わったんだ……？　いったいなんのために……」

そのときふと、返事が聞こえた気がした。

――アクア！

アクアは思わず顔を上げた。それは決して、聞こえるはずのない声。

ふと目を見開くと、そこには優しく微笑む彼女がいた。忘れもしない、最愛の〝推し〟の顔。無敵のアイドルが、じっとアクアを見つめていた。

アクアは思わず、彼女の目の前に跪《ひざまず》いてしまっていた。天上から舞い降りた女神に相対するように、じっとかしこまって彼女の顔を見上げる。

アイの手が、そっとアクアの頬に触れた。

――愛してる……！

それは彼女が死の間際、アクアとルビーにかけてくれた言葉だ。「これだけは絶対に嘘じゃない」と、あの日のアイは強く念押ししていたのを覚えている。

そうだった。アイはいつも、自分たちに全力の愛をくれたのだ。ステージの上でも、高千穂の病院でも、社長夫妻の家でも、三人で暮らしたあのマンションでも。

母親を知らなかった自分《ゴロー》にとって、アイはかけがえのない存在だったのである。

――なんにせよさ、元気に育ってください。母の願いとしては、それだけだよ。

ビデオレターに残されていたメッセージが、アクアの脳内でリフレインする。アクアは自分の頬を撫でる母親《アイ》の手に、そっと自分の手を重ねた。

この温《ぬく》もりが、白昼夢なのか、幻覚なのか、それはわからない。

しかしそんなことはどうだっていいのだ。このアイが、嘘の存在だとしても構わない。だって嘘は、とびきりの愛なのだから。

気づけばアクアの両目からは、滂沱《ぼうだ》の涙が溢れていた。

ようやくアクアは、自分が生まれ変わった意味を理解できた気がした。それはさして難しいことではなかったのだ。

母《アイ》が、生まれることを望んでくれたから――。それだけで、生きるには十分だった。

「あ……ああっ……！　うあああああっ……！」

アクアは慟哭《どうこく》し、屋上の床で泣き崩れた。

大の男がみっともない、とは思わない。久しぶりに会えた母親の前でくらい、泣き虫の子供に戻ったっていいじゃないか。

※

聞くところによれば、『15年の嘘』の関係者試写会は大好評を博したらしい。

「正直泣いた」「芸能界のリアルな闇に引きこまれる」「大好きだったアイのイメージが、百八十度変わった。でももっと好きになった」――マスコミやニュースサイトには、批評家による忖度《そんたく》なしの赤裸々な感想がいくつもあげられることになった。主演女優、星野ルビーの粗《あら》削りながらも健気な演技が、観る人の心をつかんだようだ。

そういう太鼓判のおかげで、上映予定映画館も当初の二倍に増えていた。

今や『15年の嘘』は、単なるドキュメンタリー映画ではない。日本中が待ち望む、一大エンターテインメントとなっていたのである。

そして、ついに映画の封切りの日がやってきた。全国同時公開を記念して、苺プロ近くの巨大シネコンでは、出演者による舞台挨拶のイベントが行われることになっていた。

「はーい、ＯＫです！　バッチリです！」

カメラのフラッシュを浴びながら、アクアは柔らかく微笑んでいた。

アクアの背後、バンケットルームの壁に飾られているのは、『15年の嘘　ワールドプレミアインタビュー』の看板。両手にはスポンサーの企業ロゴが書かれたプレートを抱えている。劇場での舞台挨拶に先駆けて、キャストの写真撮影が行われていたのである。

撮影スタッフが「ありがとうございました」と頭を下げる。

「失礼します、ありがとうございます」

ルビーやかな、あかねと共に、撮影スタッフに頭を下げ返す。今日の舞台挨拶に登壇するのは、そこにアクアとカントクを加えての合計五名である。

キャストだけならまだしも、カントクも交えて写真を撮るのは珍しいかもしれない。ルビーは相変わらずのマイペースさで、さっそくカントクに絡みに行っていた。

「カントクって、ちゃんとすれば結構イケオジだったんだね」

「それ私も思ったー」

あかねも悪戯《いたずら》っぽく、ルビーに追従する。

当のカントクはバッチリ決めたジャケットスタイルで、「はあ」と大きなため息をついている。

「お前ら口を慎め。俺は常にイケオジだ」

カントクだって、万年ヨレヨレで煙草《たばこ》臭いシャツを着ているわけではない。こういう晴れ舞台には、それなりに見栄えのする服を着てくるのだ。きっと、あのしっかり者の母親が準備してくれているのだろうとアクアは思っている。

一方、かなはあかねの衣装にジト目を向け、「ていうか」と唇を尖らせていた。

「あんた、その衣装自分で選んだの？」

あかねは「そうだけど？」と、かなの視線を真っ向から迎え撃っている。

ちなみに今日のふたりの装いは、どちらもイベント仕様のモード系ドレスだ。かなの方は赤いチェック柄のガーリッシュなもの。あかねの方は青系で、スタイルの良さが映えるクールなデザインだった。

どちらも人目を惹《ひ》くものの、その方向性は真逆だ。仲がいいのか悪いのか、ふたりの衣装選びは実にそれぞれの個性が表れていた。

かなが皮肉げに、鼻を鳴らしてみせた。

「三番手のくせに、目立とうとしすぎじゃなーい？」

「かなちゃんこそ、いい加減に〝可愛《かわい》い売り〟やめたら？」

あかねも一歩も引かず、売り言葉を買い言葉で殴り返した。互いにメンチを切り、「はあ？」「はあ？」と視線をぶつけ合っている。

共に同い年で天才と呼ばれる女優同士、血みどろのライバル関係である。顔を合わせれば、その都度喧嘩《つどけんか》になるのも、アクアにとってはもう慣れたものだった。

ルビーも特に仲裁する気は起こらないようで、「はあ、緊張してきたー」と呑気なため息をついている。

かなの毒舌の矛先《ほこさき》は、今度はルビーの方に向けられたようだ。

「とか言ってアンタさっき、弁当ふたつ食ってたじゃない」

「はっ⁉」あかねがルビーの後ろで、目を丸くした。「ルビーちゃん背中！　ご飯つぶついてるよ！」

ルビーは「うそ⁉」と身体をひねり、自分の背中側を確認している。

カントクも呆れ顔で「お前どんな弁当の食い方してんだよ」と、笑みをこぼしている。

かなはすっかり保護者の調子で、ルビーに「後ろ向きなさい」と指示をした。「なんでこんなついてんのよー」とブツクサ文句を言いながら、ルビーの背中のご飯つぶを丁寧に取り除いてやっている。なんだかんだ、面倒見のいい先輩だ。

かなもあかねもルビーも、それからカントクも、みな表情は明るい。ひとつ大きな仕事を終えたことで、精神的にゆとりが出たのだろう。

仲間たちの姿を見ていると、ついアクアも頰が緩んでしまう。映画制作ではだいぶ無理をさせてしまった。慰労を兼ねて、今度またみんなで、どこかに遊びに行くのもいいかもしれない。

「ねえアクアくん」あかねが、ちらりと視線を向けてきた。「いつか、私のために脚本書いてよ」

「気が向いたらな」

アクアが笑顔で答えると、あかねはにこりと目を細めた。

少し前までの彼女は、アクアが復讐のためによからぬことをするのではないかと警戒していた様子だった。だが映画が完成したことで、その必要もなくなったようだ。以前のように、とはいかないまでも、こうしてたまに親しげに声をかけてくれるようになった。

彼女の役者としての才能は稀有《けう》なものだ。自分にとって利用価値があるかどうかではなく、今後は純粋にその進む道を応援していきたい。アクアはそう思っている。

アクアがあかねに視線を向けていると、かなが割って入ってきた。

「そんなことよりも、私と芝居で勝負しなさいよ」

アクアは「そのうちな」と肩をすくめた。

有馬かなには、今回だいぶ世話になってしまった。豊富な役者経験と場の空気を読む力で、キャスト陣を引っ張っていたのは間違いなく彼女である。アクアとルビーが仲違いをしたときも、かながルビーを支えてくれなければどうなっていたことか。

有馬かなが望むのなら、いくらでも芝居に付き合おうとアクアは思っている。彼女の天性の感情表現力は、アイドルを経《へ》た今さらに磨きがかかっている。この先、同じ芝居の世界で彼女と一緒に歩んでいけるのは、光栄なことだ。

一方ルビーは、「あああ、緊張してきたあ」とひとり肩を落としていた。

初めての映画出演にして初めての主演女優、そして初めての舞台挨拶なのだ。緊張するのも無理はない。

しかしルビーならきっと大丈夫だろう。なんたって、あの無敵のアイドルの娘なのだ。ひとたびステージに立てば、母親譲りの唯一無二の笑顔で、どんな困難だって乗り越えていくはずだ。

アクアはそれを、先日のステージで確信している。夢を叶えた彼女を、できることならこの先も見守っていきたい。それを当面の人生目標にするのもいいだろう。アクアは、そんな風に思っていた。

当のルビーは顔を強張らせたまま、自分の控室へと向かった。あかね、かなもそれぞれ自分の名前が書かれた部屋に入っていく。

「じゃあ、また後で」

「じゃね、バイバイ」

手を振るふたりに、アクアは笑顔で返した。

カントクが足を止め、脇目でちらりとアクアを見る。意外そうな表情だ。

「なんだか憑《つ》き物が取れたような顔してるな」

「憑き物が取れたんだよ」

アクアが返すと、カントクは「そうか」と腕を組んだ。どこかほっとしたように、アクアの顔を覗きこんでいる。

アクアは「ようやく覚悟ができた」と続けた。

「これからはもう一度、自分の人生を生きることにするよ」

「いいんじゃねえの」

カントクがふっと小さく笑った。

思えばこの五反田泰志《ごたんだたいし》監督とは、かなり長い付き合いだ。アイのドラマ初出演のときに出会い、そこから十数年。なにかとアクアに目をかけてくれた。撮影の手伝いで世話になったこともあれば、演技の指導を受けたことも多い。アクアにとってはある意味、師匠のようなものである。

カントクも似たようなことを思ってくれているのかもしれない。まるで子の巣立ちを見守る親鳥、といった表情だ。アクアの変化を喜んでいるようにも思える。

イベントスタッフに「五反田監督、よろしいでしょうか」と呼ばれ、カントクは「はい」とそちらの方へと向かった。今や彼もまた、日本が注目する大監督である。今日のイベントでも大忙しの様子だった。

本当に自分は、人に恵まれた。アクアはそんな風に思う。こんな穏やかな気分でいられるのも、彼らのおかげだと思っている。

いつかみんなに、恩返しができる機会は来るだろうか。

※

舞台挨拶の準備のために、アクアはひとり自分の控室に入った。

ふと、不吉なものを感じる。テーブルの上に、白い花束が置かれているのが目に入ったのである。

アクアの脳裏をよぎるのは、あの日の記憶。血にまみれた玄関の光景だ。

白い花びらが舞う中で、アイは命を落とした。あのときに感じた絶望感や無力感が、じわじわと胸に蘇ってくる。

花束には、メッセージカードが添えられていた。

『彼女が最も愛したキミたちへ』

アクアはごくりと息をのんだ。こんな悪趣味なメッセージを送ってくるとしたら、あの男以外に考えられない。

※

劇場内から、司会者の声が響いてくる。

「さて、この後にゲストの皆さんが登場されますが、始まる前にいくつか、お願いがございます――」

館内は大入り満員。大勢の観客たちが詰めかけている。みな、『15年の嘘』の初上映と、キャストの舞台挨拶を楽しみにしているのだ。

アクアは舞台袖で、ルビーらと共に登壇の時間を待っていた。数分前までは観客同様、このイベントを楽しみにしていたのだが、今はそんな気分ではなくなってしまった。控室に置かれていた白い花束が、どうしても気になってしまう。

やはりあの男は――カミキヒカルは、まだなにかを企んでいるということだろうか。

アクアの不安をよそに、劇場内からは司会者の明るい声が聞こえてくる。「お客様による撮影・録音はお断りしております」という注意説明だ。

この説明が終われば、自分たちキャストがスクリーン前に登壇する段取りになっている。

もしもカミキヒカルがなにかを仕掛けてくるとしたら、やはり自分たちが舞台に上がったタイミングなのだろうか。もう時間はない。

アクアは、隣で出番を待つルビーに目を向けた。

「なあ、ルビー」

「どうしたの、お兄ちゃん」

カミキヒカルがよからぬことを企んでいるかもしれない。気をつけろ――アクアはそう言おうとして、ふと口を噤《つぐ》んだ。

なににどう気をつければいいかわからない状態で、「気をつけろ」というのも難しい話である。そもそも、何も起こらないという可能性もあるのだ。

ただでさえ緊張しているルビーに曖昧《あいまい》なことを言っても、逆に不安がらせるだけになりかねない。いたずらに舞台挨拶の足を引っ張るのは避けたい。

ルビーにこのことをどう伝えればいいのか悩んでいると、カントクが呆れたような目を向けてきた。

「なんだよ、いまさら緊張してんのか？」

アクアは「あ、いや」と言いよどむ。

そうこうしているうちに、司会者による注意説明は終わっていた。自分たちの出番だ。

「それではお待たせいたしました。皆様、盛大な拍手でお迎えください」

劇場内から、万雷《ばんらい》の拍手が聞こえてくる。かなやあかねはすでにステージに向かって歩き出していた。

こうなればもう、出るしかない。アクアも覚悟を決め、歩き出した。

スポットライトが顔に当たり、アクアは目を眇《すが》める。この逆光の向こうに、あの男がいるかもしれない――そう思うと、自然と表情が硬くなってしまう。

有馬かな、黒川あかね、星野ルビーに続き、アクアが所定の位置に立つ。最後に入ってきたのは、カントクだ。

司会者の女性が、笑顔で告げる。

「映画『15年の嘘』、監督、キャストの皆様です！」

五人で横並びになって、深々と頭を下げる。すると、拍手の音がさらにいっそう大きくなった。ここまで熱烈な拍手を受けたのは、アクアにとっても初めての経験だった。

「まず初めに、今作品の企画、共同脚本そして出演と、大活躍の星野アクアさん。ひとことお願いします」

司会者にマイクを手渡され、アクアは軽く頷いた。いつまでも心配していても仕方がない。頭を仕事の状態に切り替え、客席を見渡した。

「どうも、星野アクアです。本日はお集まりいただきありがとうございま――」

異変が起きたのは、そのときだった。

ジリリリリ、と甲高い音が鳴り響いた。火災報知器の音である。

客席にも動揺が走った。皆、怪訝《けげん》な様子で、何事かと周囲を見回している。

司会者が「今確認しますので少々お待ちください」と告げる。警備のスタッフたちが指示を受け、客席の周辺を動き回り始めた。それが観客たちの不安をますます煽《あお》っている。

不可解な状況は、さらに加速していく。今度は客席のあちこちから、もうもうと白い煙が立ち上り始めた。

その煙が本当に火災によるものなのか、それとも発煙筒やドライアイスによるイタズラなのか、アクアにはわからない。だが、観客たちをパニックに陥らせるには十分だったようだ。

「きゃあああっ！」と誰かの絹を裂くような悲鳴が上がり、それを皮切りに、観客たちが一斉に逃げまどい始めた。

「皆さん、落ち着いてください！　落ち着いてください！　指示があるまでそのままで！」

司会者が、慌《あわ》てた様子で叫んでいた。

しかし危険を察知したら逃げるというのは、人として当然の反応なのだ。観客たちは押し合い圧《へ》し合いしながら、我先にと劇場の出口に殺到している。こうなればもはや、司会者の「落ち着いてください！」という声も、まったく効果はない。

今度は場内照明が消えた。非常ランプが点灯しているものの、煙のせいで十センチ先も見えない状況だ。これはもう、明らかな異常事態だった。

あかねが、ごほごほと咳《せ》きこんでいた。かなやカントクも同じ状況に陥っている。充満した煙のせいで、視界の確保どころか呼吸すらままならない状態になっていた。映画館内は、まさに阿鼻叫喚《あびきょうかん》という有様である。

アクアは息を止めながら、状況の把握《はあく》に努めていた。やはりこれは、カミキヒカルの仕業だ。あの男が仕掛けてきたのである。

早くやつを見つけないと――アクアが煙の中で周囲を見回していると、何者かが自分に近づいてくる気配を感じた。

中年の女性だった。ヒョウ柄のコートを身に着けている。

煙でその顔はよく見えなかったが、そこそこ整っているようにも思えた。十数年前であれば、芸能界にいたとしてもおかしくはないルックスだ。それこそアイドルかなにかとして。

しかし女は今、その綺麗な顔を醜《みにく》く歪ませていた。強く歯を食いしばり、アクアを睨みつけている。まるで、激しい憎悪を抱いているかのように。

女はなんの迷いもなく、アクアにまっすぐ向かってきた。そのままドン、と体当たりをされる。アクアは眉をひそめた。

グジュリ、と肉が引き裂かれる音が聞こえる、アクアは一瞬遅れて、異常な熱さを脇腹に感じていた。

刺された、とアクアが気づいたときには、女はすでに自分に背を向けていた。

耐えがたいほどの激痛に、アクアは思わずその場に膝《ひざ》をついてしまった。痛みの程度から判断すれば、腎臓《じんぞう》を損傷している可能性がある。人間の身体にここまで深々と刃物を刺しこむなんて、よほどの殺意がなければできないことだ。

もちろんアクア自身、あんな映画を作った以上、誰かの恨みを買うことは覚悟している。自分に対し殺害予告まがいの言動を繰り返していたアンチがいたくらいだ。もしかしたらあの女も、そんなアンチのひとりなのかもしれない。

しかし、いま問題なのはそこではなかった。

あの女は、ひとりでこの犯行に及んだわけではないだろう。会場を混乱に陥れ、その隙《すき》にアクアを狙う――こんな大がかりな犯行は、ひとりでできることではない。間違いなくその背後に、計画を立てた者がいる。あの女はただ、その人物にいいように使われただけだ。

アクアの脳裏にチラつくのは、カミキヒカルの薄笑いだった。人を操り利用するのが、あの男のやり方なのだ。

あの男は今どこにいるのか。なにを考えているのか。自首するなどという話は、やはり嘘だったのか。疑問は山積みである。

アクアがそんなことを考えている間に、ようやく照明が復活する。

アクアは、ゲホッと咳《せき》をしつつ立ち上がった。カントクが「大丈夫か？」と顔を覗きこんできたが、今は自分の怪我を心配している場合ではない。

白い花束に添えられたメッセージには、『彼女が最も愛したキミたちへ』とあった。それはつまり、あの男が狙う対象が、アクアだけではないことを意味している。

アクアは脇腹を押さえながら、周囲を見回した。

思わずはっと息をのむ。ルビーの姿がどこにもない。

「ルビーは⁉」

アクアが声を上げると、かなもあかねも、「えっ」と意外そうに目を丸くした。彼女たちもまた、ルビーがいなくなったことに気がついていなかったようだ。きょろきょろと周囲を見回し、ルビーの姿を探している。

アクアは「クソッ」と舌打ちし、踵《きびす》を返した。脇腹の血は止まる気配はなかったが、そんなことに構っている暇はない。アクアは傷口を押さえながら、舞台袖へと走った。

カントクが後ろから「おい！」と叫んだが、無視をする。

ルビーが姿を消したのも、まさかカミキヒカルの仕業だろうか。だとしたら危険だ。早く何とかしなければ。

13　かな

有馬かなには、この数十秒間で起きたことがまるで理解できていなかった。

舞台挨拶の開始と同時に非常ベルが鳴り響き、突然館内が煙で包まれた。やっと視界が回復したと思ったら、今度はアクアが血相を変えてステージから出て行ってしまった。おまけにルビーもいつの間にかいなくなっている。

いったいなにがどうなっているのか、まったくわからない。これは事故なのか。イタズラなのか。そしてアクアはなにか事情を知っているのか。かなの頭の中には、いくつものクエスチョンマークが浮かんでいた。

混乱しているのはあかねもカントクも、それから他のスタッフたちも同じ様子だった。それぞれ首を傾げたり、怪訝な顔でステージ上を右往左往したりしている。

唯一かなにもわかるのは、映画初公開イベントが台無しになってしまったという事実だけだった。

アイツと一緒にステージに立てると思って、せっかく気合いを入れて衣装を準備したのに。その苦労が、すっかり水の泡になってしまった。困ったものである。

とりあえず、アクアが戻ってきたら事情を聞こう――。かながため息をついていると、ふと信じられないものが視界に入った。

血まみれのナイフである。その先端には、つい今しがた人を刺したかのような、真っ赤な鮮血がこびりついていた。

かなは思わず、「きゃあっ！」と悲鳴を上げた。

あのナイフが小道具の類ではないのは一目瞭然だ。目の前に落ちているのは、正真正銘《しょうめい》の凶器である。

どうしてこんな物騒なものが落ちているのか。あの混乱の中で、いったいなにがあったのか。

ナイフの周辺には血痕《けっこん》が残されており、それが点々と続いている。まるで誰かが刺された傷を庇《かば》いながら、劇場の外に出て行ったかのようだ。

かなは、全身の血がさっと引いていくのを感じた。この血痕は、先ほどアクアが出て行ったルートをなぞるように続いている。それはつまり、ナイフで刺されたのは、アクアだということで——。

そんなの、冗談じゃない。

14　アクア

有馬かなが青ざめていた頃、アクアはシネコンの地下駐車場まで下りてきていた。はぁはぁと息を荒らげ、脇腹を押さえながら懸命に歩く。傷口からは、おびただしい血がこぼれてしまっていた。

一刻も早く応急処置が必要な状況だというのは、自分でもわかる。だが、そんな悠長なことをしている暇はない。ルビーが拉致《らち》されたかもしれないのだ。

もしもそうなら、犯人は車で逃走を図るはずだ。そう踏んだのである。

そして、その予想は正しかったようだ。ちょうど白いセダンが、ものすごい勢いでアクアの前を通過した。その運転席にはやはり、カミキヒカルの姿があった。助手席には、ルビーがぐったりと項垂《うなだ》れている姿が見える。

セダンは速度を落とすことなく、駐車場の出口へと疾走した。

一歩遅かった、とアクアは舌打ちする。外に逃げられたら、追いかけることができない。

どうやってあの車を追跡すべきか——アクアが頭を捻っていると、ポケットでスマホが震えた。ショートメッセージを受信したようである。

アクアのスマホに送られたのは、一行のURLだった。クリックしてみれば、周辺地域のマップが表示される。位置情報を示す赤いマーカーは、埠頭《ふとう》付近を指していた。幸い、ここからそれほど遠くはない。

これは罠《わな》だろうか。それとも、自分に対する挑戦のつもりなのだろうか。

どちらにせよ、行くしかない。アクアは強く下唇をかみしめ、駐車場出口へと向かった。

※

位置情報のマーカーが示していたのは、海沿いに建てられていた解体工事中のビルだった。身体に鞭《むち》を打って歩くこと十分、アクアはようやく目的地までたどり着く。

「はあ……はあ……」

だいぶ血を失ってしまったが、まだかろうじて意識はしっかりしている。なんとしても倒れるわけにはいかないのだ。アクアは腹の傷口を押さえながら、よろよろとビルの外階段を上っていた。

すでに日は落ち、埠頭には街路灯の明かりがつき始めている。このビルにも、工事用の照明が煌々《こうこう》と灯《とも》っていた。おそらくは、あの男が点《つ》けたものだろう。

息も絶え絶えに、アクアは屋上へと到達した。そこには、予想通りの人物の姿があった。

カミキヒカルがアクアの姿を認め、「やあ」と右手をあげた。相変わらず、犯罪者とは思えないくらいの爽《さわ》やかな微笑である。

その傍《かたわ》らには、ルビーの姿があった。微動だにせず、ぐったりと屋上の床に横たわっている。

あの男の手にかかってしまったのか。アクアの頭は、怒りで沸騰《ふっとう》していた。

「ルビー！」

慌ててルビーに駆け寄ろうとしたアクアだったが、カミキヒカルが「いや、違う違う」と笑いながら立ちはだかった。その手には、鋭く光るナイフが握られている。

「ちょっと寝てるだけだから」

「いったい、何が目的なんだ……！」

アクアが叫ぶように問いただすと、カミキヒカルはルビーの近くに腰を下ろした。その頬にナイフの刃を近づけながら、独り言のように告げる。

「『価値のある人間の人生を食うこと』でしか、生きてる実感が得られないのかも？」

カミキヒカルは「ああ、いや」と顔を上げ、アクアを見た。

「単純に、『すべてが台無しになる瞬間』を見たいだけなのかも……？」

そのまま「んー」と首を捻り、「正直、自分でもよくわかっちゃいないんだ」と、冗談めかした笑いを浮かべる。

おちょくっているのだろうか。アクアは思わず激昂《げきこう》し、怒りに任せてカミキヒカルにつかみかかろうとした。しかし、アクアにはもう相手を取り押さえるだけの体力は残されていなかったようだ。カミキヒカルにひらりと躱《かわ》され、無残にも倒れ伏してしまう。金網の足場に身体が打ちつけられ、ガシャンと激しい音がした。

アクアは、残された力を振り絞って敵を見上げた。

「ルビーには手を出すな……！　殺すなら俺を殺せっ……！」

「あー」乾いた笑みが、アクアに向けられる。「キミは僕が直接手を下すまでもないよ」

まるで面白い遊びでも思いついた子供のように、カミキヒカルは瞳をキラキラとさせていた。

「目の前で、最愛の母と最愛の妹が殺された。キミは何もすることができず、ただ見ていることしかできなかった。ふたりを救えなかったんだ。そんな罪悪感と絶望を抱いてさ、キミは生きていけるの？」

カミキヒカルは愉《たの》しげに笑いながら、アクアを見下ろしている。

この男は、アクアの目の前でルビーを殺すことで、アクアの精神を破壊しようとしているのだ。まともな人間の考えることではない。明らかに異常者の発想である。

こんな男が自分の父親だなんて、虫唾《むしず》が走る。

「ルビーもアイも、本当にお人よしだな」

アクアは傷口を押さえながら、ゆっくりと立ち上がった。荒い呼吸を繰り返しながら、カミキヒカルを視線で射すくめる。

「ルビーはお前を赦そうとした……。アイはお前を救おうとしていた……。こんな、なんの価値もない人間を……！」

カミキヒカルは、おもむろにアクアへとナイフを突きつけた。そのナイフの持ち手をくるりと回転させ、アクアへと向ける。

「じゃあ殺す？　こんななんの価値もない人間だけど」

わざとナイフをこちらに渡すなんて、どういうつもりだ——アクアは一瞬戸惑いを覚えたものの、差し出されたナイフを、もぎ取るように奪い取った。その切っ先を、カミキヒカルの喉元へと突きつける。

しかしそれでもなお、この男は薄笑いを湛《たた》えていた。

「キミは殺人犯となって人生台無し。彼女は殺人犯の妹になって人生台無し。なあ、これなんのために生まれてきたんだろうな？」

その一言で、ようやくアクアはこの男の悪魔的な意図に思い至った。カミキヒカルは、わざとアクアを激昂させ、自らをナイフで殺させようとしているのだ。

この男にとっては、アクアやルビーが破滅する姿がなによりも楽しみなのだろう。その喜びの前では、自分の命など霞《かす》んでしまうほどに。

つくづく、常人の思考ではない。

なにが面白いのか、カミキヒカルは「くくく」と肩を揺らしている。

「全部、僕のせいだ」

「違う」アクアは、薄気味悪く笑う父親をまっすぐに睨みつけた。「ようやく夢を叶えたアイツを、そんな目に遭《あ》わせるつもりはない」

アクアは、握っていたナイフを落とした。ナイフは足元の金網に当たり、カランと甲高い音を立てる。

この男は必ず殺す。なおかつ、この男の意図するような結末にはさせない。

そのための方法が、たった一つだけある。

「これは事故だ」

アクアは最後の力を振り絞り、金網を蹴《け》った。思い切り勢いをつけて、カミキヒカルに飛び掛かる。

自伝映画によって告発されたカミキヒカルは逆上。脚本担当とトラブルになり、刃傷沙汰《にんじょうざた》の末、共に転落死した――出来事はおそらく、そう報道されることになる。あまりにもセンセーショナルで、人の想像欲を掻《か》き立てるような醜悪《しゅうあく》なニュース。

たとえそれが多少事実と食い違っていても、世間とメディアはそれ以上の真実は追い求めない。だからこそ、この嘘が成立する。

カミキヒカルは、はっと目を見開いていた。

さすがのこの男も、手負いのアクアがこんな無謀な行動に出るとは思わなかったのだろう。アクアに抱きつかれ、大きく体勢を崩してしまった。

　そのままふたりの身体は、ビルの縁《へり》から宙へと投げ出された。こうなればもう、重力に逆らう術《すべ》はない。ふたりでもみ合いながら、真下の海へと落下する。

　カミキヒカルは、完全に呆気に取られていた。これまで他者を都合のいいように操ってきたこの男も、自分の息子に道連れにされることなど考えてもいなかったに違いない。

　結局、共に海面に叩きつけられるまで、あの男は悲鳴ひとつあげることはなかった。

　全身に凄《すさ》まじい衝撃が走り、意識の大部分が刈り取られる。視界が深い青緑色に包まれ、全身の熱が急激に奪われていくのがわかる。

　それでも、この男だけは決して逃がさない。もう二度と大切な家族を狙わせるわけにはいかない。ルビーは自分にとって、なによりも大事な存在なのだ。

　胸に蘇るのは、かつて自分《ゴロー》があの子《さりな》を救えなかった悔しさだった。これは、その無念を払拭するための千載一遇《せんざいいちぐう》の好機。アクアは、ここにきてようやく素直に神様に感謝するつもりになっていた。ルビーを守らせてくれてありがとう、と。

　アクアは暗い海の中に沈みながらも、カミキヒカルの腕をぎゅっと強くつかんでいた。

　命が消えていく感覚。これを味わうのは二度目だ、とアクアは思う。

　――俺は、復讐のためだけに生まれ変わった。

──それが終われば思い残すことなどないと、ずっと信じていた。なのに……。

胸によぎるのは、アイの顔。ルビーの顔。そしてかなやあかね、ＭＥＭにカントク、斉藤夫妻──大切な人たちの顔だ。

星野アクアとしての二度目の人生は、決して復讐だけに彩られていたわけではない。彼らに囲まれて過ごした日々には、前世以上の充実感を覚えていた。

──こんなに死にたくないと思う日が、来るなんてな。

アクアはようやく実感した。アイもきっと、こういう気持ちだったのだ。

薄れゆく意識の中で、アクアはふっと小さく頰を緩めた。

15　ルビー

日の光を感じて、星野ルビーはゆっくりと目を開いた。

ぼんやりした頭で周囲を見回し、不思議に思う。ここはどこだろう。

陽《ひ》の当たる屋外だった。いつの間にか朝になっている。

ほんのりと漂ってくるのは潮の香り。どうやら自分は今、知らないビルの屋上にいるようだ。あたりにはコンテナや建築資材のようなものが無造作に積み上がっているのが見える。

はっきりと覚えているのは、映画館での舞台挨拶《あいさつ》中に、白い煙に包まれたことだ。あの混乱の中で、ルビーはいつの間にか気を失ってしまったのである。誰かに、薬のようなものを嗅《か》がされたのかもしれない。

手元を見れば、腕が縄で縛られているのがわかる。どうやら、拉致《らち》されていたようだ。

それでもルビーには、あまり不安はなかった。夢うつつの中で、アクアの声が聞こえたような気がしたからだ。

あの兄は、いつも自分を救ってくれる。前世《さりな》の頃からずっとそうだった。きっとアクアが助けてくれたおかげで、自分はこうして無事に目を覚ますことができたのだろう。

そのとき、あたりに「ルビー！」と声が響いた。

斉藤壱護《さいとういちご》の声だ。階段の方から息せき切って走ってくるのが見える。

「もう大丈夫だからな」

よほど心配していたのか、斉藤は半分泣きそうな顔だった。必死になって、ルビーを拘束する手の縄をほどいてくれている。

ふとルビーは、気になったことを聞いてみた。

「ねえ、アクアは？」

きょろきょろと周囲を見回してみても、アクアの姿はどこにも見えない。

ビルの縁《へり》の向こうには、静かな東京湾が広がっていた。穏やかな凪《なぎ》が朝日を受けて、藍玉色《アクアマリン》に輝いている。きらきら、きらきらと。

《エピローグ》

結局その後、まるで神隠しのように、星野《ほしの》アクアの遺体はどこにも見つからなかった。

警察は状況証拠から、星野アクアは神木輝《カミキヒカル》と共にビルから海へと転落し、死亡した、ということで結論付けたようだ。

ドキュメンタリー映画の公開と同時に、その重要な役どころであるふたりの人間が死亡する。このことは世の中の関心を集め、ネットでは様々な憶測が飛び交った。

結果として『15年の嘘《うそ》』は、芸能界の歴史に伝説を残す作品となったのだが、関係者たちにとってはどうでもよかったようだ。

どうせそんなことは、世間もすぐ忘れることである。

有馬《ありま》かなも、黒川《くろかわ》あかねも、MEM《メム》ちょも、五反田泰志《ごたんだたいし》も、皆、アクアの死を悲しんだ。現場の海まで弔《とむら》いに赴いた際には、誰も彼も、涙が止まらなかったくらいだ。彼女たちにとって、アクアはそれだけ大事な人間だったということだろう。

斉藤壱護《さいとういちご》もミヤコも、大事な家族を失ったことで暗く沈んでいた。ミヤコは普段よりも口数が減り、壱護は酒の量が多くなっていた。

ショックを受けていたのは、当然ルビーも同じだった。部屋にひとりでこもり、三日三晩声を上げて泣き続けていた。

そもそもルビーにとってアクアは、もはやただの双子の兄ではない。前世からの運命に導かれた、最愛の相手だったのだ。

母親《アイ》に続き、兄《アクア》まで。またしても大好きな家族を失うことになるなんて、神様は残酷《ざんこく》すぎる。ルビーにとっては、今回のことはまさにこの世の終わりのようなものだった。

それでも、納得するしかない。

アクアはルビーの夢と命を救うために、その身を犠牲にしたのだ。ただ泣いているだけでは、アクアの想いを無駄にすることになってしまう。

アクアならきっと、あの落ち着き払った顔でみんなに言うだろう。「しばらくはふさぎこむだろうけど、ルビー《アィッ》は、ここで潰れるようなやつじゃない」――と。

だからルビーは、涙を拭《ぬぐ》って顔を上げた。

※

いずれにせよ、日常は必ず戻ってくる。

人は、どれほどの不幸や、どれだけの悲しみに打ちひしがれようと、何度でも砂をつかんで立ち上がることができる。

針の先ほどの希望があれば、人は何とか生きていけるものだ。


「重大発表！　ついに、ＭＥＭちょ結婚します！」

ＭＥＭちょのユーチューブチャンネルでは、そんな衝撃的な告知がなされた。視聴者たちの驚きのコメントが飛び交う中、彼女はいつもの不敵なスマイルを浮かべている。

「結婚のお相手は、りょうち！」

ＭＥＭちょが相手の名を呼ぶと、爽《さわ》やか系イケメンが彼女の脇に座った。

「イエーイ！　どうも、りょうちです！」

りょうちといえば、ＭＥＭちょにも引けを取らないほどの人気を誇る男性ユーチューバーである。「りょ！　りょ！」と定番の挨拶《あいさつ》を繰り出し、視聴者たちを沸かせていた。

動画を観ながら、さすがＭＥＭちょだなあ、とルビーは思う。

この結婚は、きっと界隈《かいわい》で大きな祭りになるだろう。当然反発するファンもいるだろうが、ＭＥＭちょならばうまくその状況を利用するはずだ。多少の炎上など、ＭＥＭちょにかかれば逆に登録者数アップのチャンスになるのである。

彼女のこういう強さは、どんどん見習っていきたいものだと思っている。

※

黒川あかねは、相変わらず劇団ララライの舞台に立っていた。

今行われている公演は、伝統の古典演劇だ。あかねは美しいドレス姿で、亡国の姫を演じていた。敵国に一族と婚約者を殺された姫が、復讐《ふくしゅう》を誓うという筋書きである。

「『違う、そうではない！　我に続け！』」

あかねは舞台の上で、勇《いさ》ましく声を張り上げていた。同性のルビーの目から見ても、惚《ほ》れてしまいそうになるくらいカッコイイ芝居である。

黒川あかねの演技の幅はものすごく広い。今回みたいに勇壮な女性を演じることもあれば、枯れた老婆《ろうば》を演じるときもある。いつぞやは、可愛《かわい》らしい男の子を演じてみせたこともあった。

いつかまた自分が芝居をやるときには、助言をもらいに行くのもいいかもしれない。ルビーはそんなことを思いつつ、定期的に彼女の舞台に通うことを決めたのだった。

有馬かなの顔は、ますますお茶の間でよく見るようになった。高校時代に干され気味だったのが嘘のように、あちこちのドラマや映画に顔を出すようになっている。

この日テレビで放送されていたのは、映画の制作舞台裏ドキュメンタリーである。新作SF映画の主演を務める有馬かなを、密着取材するという内容の番組だった。

※

「カット、はいOK！」

「それでは皆さん、ただいまのシーンを持ちまして、ノア役、有馬かなさんオールアップです！」

宇宙船を模したセットの中で、かながスタッフたちに囲まれて拍手を受けていた。彼女に花束を手渡しているのは、五反田泰志監督――あのカントクである。

それにしてもあの有馬かなという先輩、なにを着せても可愛く着こなしてしまうのだが、まさか宇宙服を着せても可愛いとは思わなかった。

今度この格好で、アイドルのステージにカムバックしてくれないだろうか。絶対ウケると思うんだけどなあ――。そんなことを思いつつ、ルビーはテレビの向こうの先輩に、熱いエールを送っていた。

※

活躍していたのは、彼女たちだけではない。

星野ルビーももちろん、負けず劣らずの忙しい日々を送っている。かなとＭＥＭちょが卒業しても、Ｂ小町《こまち》の人気は終わらない。

ルビーは今、アイドルとして絶賛活動中なのである。

「行ってくるね、ママ！　お兄ちゃん！」

玄関に飾られた家族の写真に投げキッスをして、ルビーは元気に家を飛び出した。思い出のキーホルダーは、スマホと一緒にポケットの中へ。

今日は憧《あこが》れの東京ドームが、ルビーを待っているのだ。

ルビーが舞台裏に到着すると、裏方スタッフたちが「本番でーす！」「よろしくお願いします！」と声をかけてくる。

衣装の準備はバッチリだ。今日はかつてのアイと同じく、ピンクを基調にしたデザインである。ところどころに差し色で入った水色は、アクアのイメージだ。

念願の舞台に立つのに、これほど相応《ふさわ》しいものはないだろう。

「お願いします」

ルビーもスタッフたちに笑顔で返し、ステージへの階段を上った。

ドームの観客席からは、すでに大音量の歓声が聞こえていた。皆、B小町を——ルビーの登場を心待ちにしてくれているのである。

本番開始一分前。ルビーは、どきどきと胸が高鳴るのを感じていた。ぎゅっとマイクを握りしめ、ここにはいない大好きなひとに告げる。

私、ここまで来たよ。だから見ててね。

そのときふとどこからか、懐かしい声が返ってきた気がした。

——俺は、キミを推し続ける。

眩《まばゆ》いばかりのスポットライトに照らされ、ルビーは輝くような笑みを浮かべた。

※この作品はフィクションです。実在の人物・団体・事件などにはいっさい関係ありません。

集英社オレンジ文庫をお買い上げいただき、ありがとうございます。
ご意見・ご感想をお待ちしております。

● あて先
〒101-8050　東京都千代田区一ツ橋2-5-10
集英社オレンジ文庫編集部 気付
田中　創先生／赤坂アカ先生／横槍メンゴ先生

映画ノベライズ
【推しの子】-The Final Act-

集英社
オレンジ文庫

2024年12月25日　第1刷発行

著　者　田中　創
原　作　赤坂アカ×横槍メンゴ
脚　本　北川亜矢子
編集協力　藤原直人(STICK-OUT)
発行者　今井孝昭
発行所　株式会社集英社
〒101-8050東京都千代田区一ツ橋2-5-10
電話【編集部】03-3230-6352
【読者係】03-3230-6080
【販売部】03-3230-6393（書店専用）
印刷所　大日本印刷株式会社

Printed in Japan
ISBN 978-4-08-680595-7 C0193